W0374583

René Schiering

Ruhrpott-Köter

Woanders ist es schön,
aber hier bin ich zu Haus

Henselowsky Boschmann

René Schiering (*1977)
wuchs nach kurzem Gelsenkirchener Gastspiel in Gladbeck, Westfalen, auf. Nach erfolgreichem Absolvieren der Realschule, des Abiturs und des Zivildienstes studierte er Allgemeine Sprachwissenschaft, Englische Philologie und Philosophie in Köln, Kiel und Nijmegen und promovierte 2006 an der Universität Konstanz. Seitdem forschte und lehrte er als Sprachwissenschaftler an den Universitäten Leipzig und Münster. Studienbegleitend sammelte er Erfahrungen im Ladenbau, in der archäologischen Baugrundsanierung und in der Medienbranche. Neben dem Schreiben ist die Musik seine zweite große Leidenschaft. So machte er als Punkrocker das nördliche Ruhrgebiet unsicher und versuchte als Kneipenmucker das Rheinland zur Countrymusik zu bekehren. *Ruhrpott-Köter*, das Debütalbum seiner Band *Rockwohl Degowski*, erschien 2011.

© Bücher vonne Ruhr
Verlag Henselowsky Boschmann
Gerichtsstraße 1, 46236 Bottrop
E-Mail: post@vonneruhr.de
www.vonneruhr.de
1. Auflage 2011
ISBN 978-3-942094-15-3
Herstellung: Westermann Druck Zwickau GmbH
Umschlagillustration: Christian Nörtemann

René Schiering
Ruhrpott-Köter

Ich bin ein Ruhrpott-Köter,
wurd' auf Kohle groß.
Mein Fell ist voller Flöhe,
werd' das Jucken nicht los.

Ich bin ein Ruhrpott-Köter,
struppig und verlaust.
Woanders ist es schön,
aber hier bin ich zu Haus.

Endlich normale Leute

Endlich! Zwölf Jahre nachdem ich bei meinen Eltern ausgezogen bin, beziehe ich meine erste eigene Wohnung in meiner miesen kleinen Heimatstadt. Wenn dir die Worte »steile Karriere« irgendwas bedeuten, werden sie dir in diesem Zusammenhang bestimmt nicht in den Sinn kommen. Ich war die letzte Zeit beruflich viel unterwegs. Mal hier, mal dort. Im Prinzip nie länger als zwei Jahre an einem Ort. Warum mein Beruf mich so auf Trab hält, ist eine andere Geschichte, die ich hier nicht aufdröseln will. Ich trenne Berufliches und Privates strikt.

»Meine Stadt« liegt am nördlichen Ende des Ruhrgebiets. Nach Süden guckt man auf Schlote, nach Norden auf heruntergewirtschaftete Bauernhöfe, wie sie eigentlich typisch fürs Münsterland sind. Es gibt wirklich nicht viel zu berichten über diese Einöde. Man bleibt entweder hier und wird verrückt oder flieht irgendwann in eine richtige Großstadt. Eigentlich gehöre ich zur zweiten Gruppe. Aber verrückt werde ich nach meiner Rückkehr sicherlich trotzdem.

Für eine Ortschaft mit knapp 80 000 Einwohnern gibt es erstaunlich viele Bahnhöfe. Unser »Hauptbahnhof«, das heißt der von der Kommunalpolitik gefeierte offizielle Park-and-Ride-Bahnhof, ist der Westbahnhof. Von hier aus kommt man immerhin sechsmal in der Stunde an so schillernde Ziele wie Haltern, Essen, Oberhausen, Dorsten, Borken und Wuppertal. Und dann gibt es ja noch zwei weitere Bahnhöfe. Unter anderem mit Direktanbindung nach Dortmund. Insgesamt besteht also vierzehnmal in der Stunde die Möglichkeit, dieses Loch zu verlassen. Aus meiner Biographie fallen mir da sofort Städte ein, die schlechter dran sind. In Konstanz kommt man nur siebenmal die Stunde mit dem Zug weg. Entweder in die Schweiz (viermal), nach Engen (zweimal) oder durch den Schwarzwald nach Karlsruhe. Alles andere bedeutet einen größeren organisatorischen Aufwand. Tolle Aussichten! Aus Leipzig kommt man natürlich deutlich besser weg als aus meiner Heimatstadt oder Konstanz. Insgesamt neunundzwanzigmal die Stunde! Aber wer da wohnt, hat eigentlich alles und braucht gar nicht weg. Das ist in »meiner Stadt« anders. Man hat eigentlich nichts, und die meisten kommen trotzdem nicht raus. Deshalb werden sie ja auch verrückt.

Die Schallplatten sind inzwischen in meiner vollmöblierten Anderthalbzimmer-Wohnung im ersten Geschoss angekommen. Ich habe mir nach all den Umzügen angewöhnt, nur noch wenig Privates mitzuschleppen. Neben den etwa tausend Vinyl-Schallplatten, die ich, in handliche Postboxen verpackt, zusammen mit meinem Vater Kiste für Kiste die gebohnerte Treppe hochgetragen habe, liegt mir besonders mein Harmonium am Herzen. Das wohlklingende Ein-Mann-Orchester habe ich von meiner Tante in Ostwestfalen abgestaubt. Der Transport dieses zentnerschweren Ungetüms ist inzwischen zu so was wie einem Ritual für mich und meinen Vater geworden. Ich gehe vor, mein Vater folgt meinen Schritten am anderen Ende des Holzkastens. Auf dem Weg die Treppe rauf bedeutet das, dass mein Vater fast die volle Last trägt und ich durch die engen Stellen rangieren muss. Das birgt unausweichlich Konfliktpotential. »Ey!!!«, brüllt mein Vater, als ich kurz das Instrument auf einer Treppenstufe abstelle, um mich umzudrehen und den anstehenden Weg zu begutachten, »dat kommt mir doch allet entgeg'n hier!«

Schon jetzt steht uns der Schweiß auf der Stirn. Als einen bedeutungsschwangeren Fehlgriff der Evolution interpretiere ich die Tatsache, dass mir trotz markanter Augenbrauen bei jeder körperlichen Anstrengung die erste Schweißperle direkt ins Auge tropft. Ich sehe nix. Strategisch benutze ich den Vorfall für eine kurze Verschnaufpause. Mein Vater wuchtet einige Treppen tiefer das Harmonium wieder ins Lot.

»Hömma!«

Schon verstanden!

Weiter geht es. Diesmal in einer großen Kraftanstrengung direkt bis an den Zielort, das Wohn- und Schlafzimmer. Zusammenschweißende Vater-Sohn-Erfahrungen.

Eigentlich soll ich besonders hier darauf achten, dass es nicht zu laut wird, da meine neuen Nachbarn genau nebenan ihr Schlafzimmer haben. Ich zeige mich von dieser Vorwarnung unbeeindruckt und will erst mal testen, wie weit ich ihre Nerven strapazieren kann. So ein stilvolles Holzinstrument macht sich doch viel besser neben der Schrankwand »Gelsenkirchener Barock« als in Gesellschaft der Montagearbeiter-Küchenzeile im Koch- und Fernsehzimmer. Stilvoll geht schließlich die Welt zu Grunde.

Nach dem Platzieren der Orgel ist der Umzug im Prinzip schon gelaufen. Wenn mein Vater weg ist, werde ich noch meinen tragbaren Reise-Plattenspieler aufbauen und zu The Clashs »London Calling« ein wenig dösen. Aber vorher genießen wir noch die unbeschreiblich »schöne« Aussicht aus meinem doppelt verglasten Wohnzimmerfenster. Man erblickt auf der anderen Straßenseite eine bunt gemischte Kollektion widerwärtiger Gebäudefassaden. Das Haus links hat noch den Kohlenstaub des vor dreißig Jahren geschlossenen Bergwerks im Putz kleben. Das in der Mitte sieht schick aus. Angesichts der industriellen Umweltverschmutzung in diesen Breitengraden würde ich die Farbwahl Weiß aber als mutig bezeichnen. Das Haus rechts wurde anscheinend in den 1970ern neu eingekleidet und erstrahlt noch heute in der unschlagbaren Farbkombination Grau-Braun-Orange. Die unteren Meter schön gekachelt.

Wir haben es uns gemütlich gemacht und stützen uns auf dem Sims des weit geöffneten Fensters ab. Ich stehe links und zünde mir eine Zigarette an. Ich darf in meiner eigenen Wohnung offiziell nicht rauchen. Die reinste Farce. Ich zeige mich heute noch einsichtig, auch weil die Vermieterin sich für einen Kurzbesuch angemeldet hat. Aber schon morgen werde ich mich gegen diese kleinbürgerliche, spießige Bevormundung wehren!

Auf der anderen Straßenseite passiert was. Ungewöhnlich für diese Nachbarschaft. Es scheint, als wäre der Anfang des Monats Oktober Entschuldigung genug, sich in Winterstarre zu begeben. Ein Mann Mitte vierzig verlässt das linke Haus. Das mit dem Kohlenstaub. Er trägt die in diesem Landstrich immer noch topaktuelle Vo-ku-hila-Frisur, als ob man hier auf einer Insel leben würde und den Spott, der in den letzten Jahren übers Unterschichtenfernsehen verbreitet wurde, gar nicht mitbekommen hätte. Der ballonseidene Trainingsanzug ist farblich auf das Muster der Cowboystiefel abgestimmt.

Gerade auf dem Gehsteig angekommen, ruft ein gleichaltriger Oberlippenbartträger dem Kollegen aus einem Fenster im zweiten Stock zu:

»Ey Lang'n! Brings'e auch 'n Jägermeister mit?«
»Da reicht die Kohle nich' für.«
»Dann lässt'e eb'm nomma anschreib'n.«
Eine makellose Hartz-IV-Argumentationskette findet so ihren zwingenden Abschluss.
Der Kollege auf der Straße macht Anstalten, links aus unserem Blickfeld zu verschwinden, hält dann kurz inne und geht zurück ins Treppenhaus.
»Wat hat er jetz' vor?«, fragt mein Vater skeptisch.
Der unfreiwillige Laiendarsteller betritt die Bühne des Lebens wieder auf einem roten Kinderfahrrad. Schwungvoll stößt er sich von dem Hauseingang ab und schließt dabei die Tür. Halb so schnell wie vorher zu Fuß verlässt er nach links unseren Bildausschnitt und steuert die hundert Meter entfernte Trinkhalle an.
Das Geschehen am Zielort könnten wir verfolgen, wenn wir uns weit aus dem Fenster beugten. Ich gucke meinen Vater erschüttert an. Der erwidert meinen Blick mit einem Schulterzucken. Gleichzeitig strecken wir unsere Köpfe weit aus dem Fenster und richten unsere Augen nach links.
Keine zwei Minuten später verlässt der namenlose Ruhrpott-Cowboy die Trinkhalle mit zwei vollgestopften Plastiktüten. Er setzt sich auf das Kinderfahrrad, in jeder Hand eine Tüte. Dass er so nicht lenken kann, merkt er erst, als er einen optimistischen Tritt in die Pedale wagt. Man hört bis zu uns hoch, wie es in seinem Kopf rasselt. Wie kann er diese logistische Extremsituation nur alleine meistern?
Nach einer gefühlten Ewigkeit erhebt er sich von seinem Gefährt. Er stellt eine Tüte auf dem Boden ab, zieht sich das Fahrrad mit dem Rahmen über seine Schulter,

nimmt die abgestellte Tüte wieder in die Hand und läuft die hundert Meter zurück zu seiner Wohnung.

»Endlich normale Leute!«, kommentiert mein Vater in einer eins a Tom-Gerhard-Imitation.

Glückwunsch!, denke ich mir.

Steffi

Schon nach dem Wenden der ersten LP des Doppelalbums falle ich in einen Tiefschlaf, der mich den Besuch meiner Vermieterin verpassen lässt und es mir erst gegen 21:00 Uhr wieder gestattet, ins Leben zurückzukehren. Anscheinend hat sie noch einen weiteren Wohnungsschlüssel, mit dem sie sich bei Bedarf Einlass verschaffen kann. Das schlussfolgere ich aus der Tatsache, dass sie mir einen Zettel auf dem Küchentisch hinterlegt hat.

»Wollte dich nicht wecken. Komme morgen wieder.«

Für eine Frau, die unaufgefordert in fremde Wohnungen einbricht, ziemlich taktvoll.

Mir stellt sich die Frage, wie ich jetzt – gut erholt nach dem unfreiwilligen Nachmittagsschlaf – die Stunden bis zum erneuten Einsetzen der Müdigkeit herumkriegen soll. Beim Durchstöbern meiner Jackentasche nach einem Feuerzeug stoße ich auf ein Streichholzbriefchen, auf dem eine Werbung für ein hiesiges Café abgedruckt ist. Richtig, die Zündhölzer habe ich von einem alten Schulkollegen, der inzwischen Gastronom ist. Ich entzünde ein Streichholz, stecke mir eine Zigarette an und mache mich auf den Weg in die Innenstadt.

Die Bezeichnung »City«, die meine Mutter immer für unsere Stadtmitte benutzt, haben die zwei Straßenzüge in der Nachbarschaft des Rathauses nun wirklich nicht verdient. Von den neuen Möglichkeiten der verlängerten Ladenöffnungszeiten macht hier kein Geschäft Gebrauch. Schon jetzt um halb zehn ist die Fußgängerzone trostlos und verlassen wie eine Geisterstadt. Es nieselt natürlich.

Leichter Nebel. Ein Drittel der Geschäftsgebäude steht leer. Das zweite Drittel besteht aus Ramschläden. Den Rest teilen sich »die Großen«: C&A, Karstadt, Woolworth. Früher war »meine Stadt« überregional bekannt als Schuh- und Bäckerstadt, aber diese glorreichen Zeiten sind lange vorbei.

Das »Café« liegt in einer Nebenstraße. Noch im Oktober laden Bierbänke zu einem stimmungsvollen Aufenthalt im Herbstregen ein. Ich betrete die schummrig beleuchtete Gaststätte und blicke mich kurz um. Links die Theke, rechts sitzen Oberstufenschüler an kleinen runden Tischen und nuckeln an ihrer Cola Zero. Der schönste Platz ist immer an der Theke. Hoffentlich gilt diese Universale auch hier. Ich setze mich auf einen der verwaisten Barhocker und ziehe dabei meine Jacke aus. Gerade halb aus den Ärmeln raus, vernehme ich die vermeintlich freundliche Begrüßung der Bedienung:

»Hallo, Andi. Einmal wie immer?«

Der Schock trifft mich hart. Sprachlosigkeit. Was fällt der ein? Andi hat man mich zu Schulzeiten genannt. Um genau zu sein, haben das aber nur die von mir als »hochbegabt« titulierten Spackos gemacht. Mein Name ist französisch! Und als solcher hat er es verdient, unverändert in seiner vollen Pracht ausgesprochen zu werden. Und was heißt hier eigentlich »wie immer«? Ich kenne diese Person nicht und bin mir außerdem sicher, dass ich in dieser Lokalität noch nie was bestellt habe. Von Routine kann hier also keine Rede sein.

Meiner gefürchteten Schlagfertigkeit beraubt, antworte ich:

»Nein. Ich hätte gern ein Gedeck.«

»Also doch wie immer. Stauder oder Veltins?«

Wenn ich tatsächlich regelmäßig hier mein Gedeck trinken würde, sollte sich die Frage doch erübrigen. Oder sie sollte als gute Bedienung wissen, dass es mir scheißegal ist.

»Is' mir egal. Stauder.«

»Also is' es dir nich' egal. Mit 'nem Korn oder 'nem Aquavit?«

Hätte ich eine Alternative, würde ich die Bestellung sofort zurückziehen und in die nächste Kneipe gehen. Aber wir sind hier nicht in Kreuzberg, sondern in einer kleinen, miesen Ruhrpott-Versacke. Angewidert wähle ich die erste Option. Meine Jacke habe ich inzwischen ausgezogen. Ich stehe noch mal kurz auf, um sie über den Barhocker zu legen, und würdige die Thekenkraft nicht eines Blickes. Um das Potenzial einer möglichen Konversation im Keim zu ersticken, schnappe ich mir sofort den aktuellen »Spiegel« und tue so, als ob ich mich für die akute weltweite Bankenkrise interessiere.

Zwei Männer in den späten Vierzigern betreten das Lokal und setzen sich direkt an die Theke. Anscheinend haben sie Stammplätze, und auf den Hocker, auf dem ich sitze, hat einer der beiden Gewohnheitsrecht. Ich ignoriere die auffordernden Blicke. Ich bin inzwischen schließlich beim amerikanischen Präsidentschaftswahlkampf! Mit einer Sitzordnung, die sich strikt an Altersgruppen orientiert, kann sowieso was nicht stimmen. An der Theke sitzen nur die Älteren, und die Jugend wird an die Tische gefesselt?

Dem Gespräch, das die beiden Männer mit der Bedienung führen, entnehme ich, dass einer von ihnen beim Jugendamt arbeitet. Der andere macht in Werbung. Nach drei Korn schläft der vom Jugendamt im Sitzen mit dem

Kopf auf der Theke ein. Vorbildlich! Der Werbedesigner wird nach drei alkoholfreien Bieren redselig. Er berät die junge Frau Ende zwanzig in allen wichtigen Belangen des Lebens. Sie studiert anscheinend irgendwas Soziales in Essen. Über ihre Kommilitoninnen spricht sie in einem erhabenen Ton. Kann sie sich erlauben, sie hat es schließlich in einer 80 000-Einwohner-Stadt zu einer nervtötenden Kneipenaushilfe gebracht. Zwei ihrer Freunde ziehen in den nächsten Wochen nach Berlin. Das sorgt hier für massig Gesprächsstoff. Man unterhält sich bemüht mondän über all die großartigen Weltstädte, die man schon besucht hat. Dortmund. Rotterdam. Berlin. Letzteres aber nur zum Sightseeing. Der Abstinenzler weiß von dem angenehmen Gemüt der Holländer zu berichten. Nicht so aufdringlich wie der Rheinländer. Aber auch nicht so schroff abweisend wie hier. Wie hier? Ich finde es schmerzhaft unabweisend, wenn man von Fremden unaufgefordert geduzt wird und sofort in regionale Gewohnheitsmuster integriert wird. Wenn der Werbedesigner schroffe Umgangsformen kennenlernen will, sollte er mal Wege zurücklegen, die länger sind als hundertfünfzig Kilometer.

Nicht aufregen. Bier trinken. Und Korn. Ich bestelle mein inzwischen viertes Gedeck lautlos mit Hilfe zweier Zeigegesten in Richtung der leeren Gläser. Die Nervensäge reagiert sofort und stellt mir die Alkoholika mit einem Zwinkern vor die Nase. Der Weltenbummler nebenan weckt seinen Kollegen, klemmt ihn sich unter den Arm und verabschiedet sich mit einem lauten »Bis die Tage!«. Von wem ist mir nicht wirklich klar. Die Bedienung ist nämlich noch mal zur Tür geeilt, um sich einen schnellen Ratschlag in Sachen Beziehungskrise zu holen. Sie hat ihren drei Jahre jüngeren Freund mehrmals vermöbelt, und jetzt ist er weg. Tragödien, die das Leben schreibt. Erst als die beiden Männer aus der Tür sind, bemerke ich die Brisanz der Situation. Ich bin inzwischen alleine mit der Furie. Ich plane zu zögernd meinen Rückzug und werde eiskalt erwischt, als ich den Korn auf ex wegknalle.

»Wat treibt dich denn eig'ntlich her, Andi?«

»Ich hab' geschäftlich inne Nachbarschaft zu tun und wohn' deshalb vorübbergeh'nd widder hier.«

Ich weiß nicht, warum meine Antwort so einladend ausführlich ausfallen musste. Der Teufel hat den Schnaps gemacht.

»Geschäftlich? Dat klingt gar nich' nach dir. Inne Schule wars'e doch immer ...«

»Ja. Dat is' abber Gott sei Dank lang' her!«

Der saß. Ich trinke mein Bier in einem Zug aus, schnappe mir meine Jacke und ziehe sie noch in der Aufstehbewegung über. Als ich schon in der Tür stehe, macht mich die etwas verblüffte Thekenschlampe mit einer wortlosen Geste auf meinen Deckel aufmerksam. Ich zahle ebenso wortlos.

»Samma, kenns'e mich denn gar nich' mehr? Ich bin doch die Steffi!«

»Toll!«, antworte ich, als ich erneut die Flucht antrete.

09:20 Uhr, Freitagmorgen. Ich erwache aus einem fast achtstündigen unterbrechungsfreien Tiefschlaf. So muss es sich anfühlen, wenn man gestorben ist. Mein Kopf schmerzt. Das kommt vom Rauchen. Der übermäßige Alkoholkonsum der vergangenen Nacht schlägt lediglich auf meine Mundflora. Ein herzhaftes Frühstück – ja, das wäre es jetzt! Danach lechzt mein liebster Feind: mein Körper. Da ich allerdings gestern Nachmittag in meinem Totenbett versackt bin, habe ich es bis jetzt noch nicht zum Supermarkt geschafft. Böse Falle. Da hilft alles nichts. Ich muss raus, um was zu frühstücken zu kaufen. Ich ziehe mir die verrauchten Klamotten vom Vortag über, schlüpfe in die Schuhe, und ab geht es. Meine vorlaute Vermieterin hatte mir beim ersten Treffen unaufgefordert Tipps über die Nachbarschaft gegeben. Die Straße rauf soll es einen Aldi geben. Ich schlage die empfohlene Richtung ein und ärgere mich jetzt schon über die Schlange von Rentnern an der Kasse.

Nach knapp zwei Minuten unsicheren Fußwegs sehe ich rechts von mir ein pavillonähnliches Gebäude. Unterm Strich handelt es sich hierbei wohl um eine umfunktionierte Garagenanlage. Die rechte Seite beherbergt jetzt »Gilla's Damen-, Herren- & Kindersalon«. Tatsächlich so geschrieben, mit angelsächsischem Genitiv und alles. Für einen unansehnlichen Friseurschuppen im Nirgendwo scheint mir das eine gewagte Spezialisierung. Gilla sollte auch Hunde frisieren! Am Eingang lädt eine schwere Eichentür zum Spontanbesuch ein. Links und rechts wird das Tor von Glasbausteinen gesäumt. Keine Fenster. Auf die Art und Weise kommt der mittelständische Betrieb freundlich transparent rüber. Passt zu Gilla, die, als ich vorbeigehe, gerade den Dreck vom ersten Kunden auf die Straße kehrt. Die wenigen kurzen grauen Haarstoppeln legen die Vermutung nahe, dass es sich hierbei um einen Stammgast im Rentenalter gehandelt hat, der seine Friseurtermine auch ohne dringende Notwendigkeit pflichtbewusst und viel zu regelmäßig wahrnimmt. Irgendwie muss man ja schließlich den Tag rumkriegen. Gillas Äußeres ist schnell beschrieben. Gesicht: die ungeschlagene Kombination ägyptischer Erde, Bräunungscreme und Asi-Toaster. Haare: old-schoolmäßig nur Wasserstoff und Krause.

Direkt neben dieser Oase des guten Geschmacks ist ein Kiosk in dem Pavillon untergebracht. Die Schaufenster vollgestopft mit allem möglichen Krimskrams: Konservendosen, Kinderspielzeug, Schnapsflaschen, Pornoheften, Blumen und einem Schild »Frisch belegte Brötchen«. So! Anscheinend kann ich mir die Rentnerschlange im Aldi ersparen. Frohen Mutes betrete ich die Trinkhalle.

Hinter der Tür sind für Kunden weniger als zwei Quadratmeter vorgesehen. Links ein hohes Regal, dann eine kleine Verkaufstheke. Geradeaus die Kühltruhe, dahinter großzügig Platz fürs Personal. Rechts Zeitschriften und das Schaufenster. Ich gehe beherzt einen Schritt in die Bude rein, um die Tür hinter mir schließen zu können. Ich stehe an der Theke und warte. Es passiert erst mal nix. Ich klopfe mit den Fingern leicht auf die dort feilgebotenen Bild-Zeitungen. Hinter der Kasse gibt es einen weiteren Raum fürs Personal. An der Tür warnt ein Schild »Privat!«. Gemächlich kommt ein älterer Herr, schätzungsweise so um die achtzig, auf mich zu. Er trägt sein strahlend weißes Haar sehr kurz und streng zurückgekämmt. In seinem Mundwinkel hängt eine siffige Holzpfeife. »Moin«, brummt er mir seine herzliche Begrüßung entgegen.

Kiosk-Besitzer zeigen typischerweise regional geprägte Verhaltensmuster. Dass es in Süddeutschland keine Kioske gibt, sagt einiges über den Menschenschlag. Im Rheinland herrscht der Frohsinn. Man ist nach nicht mal zwanzig Sekunden Teil der Familie. Einmal integriert, wird der Kiosk-Besuch zum Tagesausflug. Ich erinnere mich »gerne« an meinen griechischen »Freund« im Kiosk meiner Kölner Nachbarschaft. Du willst nur eben schnell nach Ladenschluss Zigaretten kaufen und musst dem Händler sofort bei Beziehungskrisen mit Rat und Tat zur Seite stehen. Die Frau des Griechen hatte ihn vor eine folgenreiche Wahl gestellt: entweder Kiosk oder Ehe. Sie gab vor, dass ihr die zwei Stunden, die sie sich täglich vor dem Einschlafen sähen, nicht mehr reichten.

»Aber der Laden läuft doch gerade so gut!«, gab ich zu bedenken, nur um schnell wegzukommen.

Meine Strategie ging nicht auf. Eine halbe Stunde später ließ ich den erfolgreichen Einzelhändler in Tränen aufgelöst in seinen Geschäftsräumen zurück. Ohne substantiell zur Lösung der Probleme beigetragen zu haben.

In Leipzig hatte ich ein kleines Lotto-Toto-Annahmegeschäft direkt im Haus. Das war für mich so was wie der sächsische Trinkhallen-Ersatz. Jeden Tag bin ich da pünktlich zu meinem Feierabend, d. h. kurz vor dem eigentlichen Geschäftsschluss, reinmarschiert und habe mir ein Radeberger aus dem Kühlschrank geholt. Nach der akkurat einstudierten Begrüßung der Kassiererin bekam ich jeden Tag dieselbe Ansage: »Ein Radeberger, achtzig

Cent.« Beim Rausgehen erschallte ein stoisches »Auf Wiedersehen!«.

Nach meiner rheinländischen Büdchen-Sozialisation bildete ich mir ein, dass ich von einem Kiosk-Besitzer schon ein bisschen mehr Aufgeschlossenheit erwarten könnte. Ich machte es mir zur Aufgabe, das tägliche Verkaufsgespräch aufzupeppen, ließ gegenüber der blonden Einzelhändlerin meinen ganzen Charme spielen. Im Prinzip nur aus Trotz. Der Höhepunkt meiner Bemühungen um ein wenig zwischenmenschliche Nähe kann mit der Überschrift »Die Leergutsituation« betitelt werden.

Nach mehreren Wochen hatten sich die leeren Bierflaschen neben meiner bescheidenen Küchenzeile beachtlich aufgetürmt. Deshalb ging ich eines Tages ausnahmsweise zunächst in meine Wohnung, um das Leergut einzusammeln, und danach erst zum blonden Verkaufsgenie. Die Freude angesichts der vielen – teilweise auch leicht angeschimmelten – leeren Flaschen zwei Minuten vor Ladenschluss konnte ich ihr förmlich an den giftgrünen Augen ablesen. Widerwillig ließ sie jede Flasche einzeln in die Leergutkiste krachen. Bei jedem Schimmelflecken mit anklagendem Blick in meine Richtung. Als ersten Teilerfolg verbuchte ich den Umstand, dass mir an diesem Tag das übliche »Ein Radeberger, achtzig Cent« verweigert wurde.

Doch das Eis sollte am darauf folgenden Tag brechen. Freudestrahlend betrat ich wie gewohnt das Geschäft, schnappte mir beschwingt eine Flasche Bier meiner regionalen Lieblingsmarke und trat an die Kasse.

»Heut' komm' ich ma' mit ohne Leergut!«, warf ich – zumindest für mein Verständnis – mehr als angemessen und flirttechnisch unwiderstehlich charmant ein.

Ein eisiger Blick. Schweigen.

Nach einem kurzen Seufzer vernahm ich ein trotzig gemurmeltes »Ein Radeberger, achtzig Cent«. Danach entfiel die so emsig einstudierte Verabschiedung.

Im Ruhrgebiet kann man sich alle Bemühungen um Intimität von vornherein schenken. Die Menschen hier sind geradeheraus, fest zupackend und mundfaul. Entsprechend fällt mir die etwas wortkarge Begrüßung des älteren Herrn gar nicht wirklich auf. Ist ja schließlich ein Kiosk und keine Talkshow.

»Tach«, kontere ich mechanisch. »Ich hätt' ers' ma' gern zwei belechte Brötchen. Eins mit Käse und eins mit Mett.«

»'n bissken spät für Frühstück, odder nich?«, kommt die trotzige Verweigerungshaltung des Senioren zum Ausdruck. Dabei rollt der alte Westfale das R mit der Zungenspitze.

»Wieso? Is' grad mal halb zehn durch.«

»Abber an'n Werkstach.«

Was für ein Tag ist heute noch mal? Ach ja, Freitag. Es würde sicherlich zu lange dauern, dem Mann zu erklären, warum mein Wochenende bereits begonnen hat. Hat außerdem auch mit meinem Beruf zu tun. Und Berufliches und Privates trenne ich schließlich strikt.

»Ich nimm' trotzdem eins mit Käse und eins mit Mett.«

»Geht nich'! Sind alle gegang'n!«

»Sie woll'n mir doch nich' sag'n, dat'se schon um halb zehn alle Brötchen verkauft ham?«

»Doch.«

»Dann verrat'n 'se mir domma, wann genau dat letzte wechging. Vielleicht kann ich mir dann näckstet Mal den Wecker stell'n, damit ich noch welche abkrich'.«

»Mittwoch.«

»Sie haben seit Mittwoch keine Brötchen mehr und werben trotzdem großkotzig im Schaufenster mit frisch belegten Brötchen?«

»Getz' mach' hier mal nich' den Lauten! Brötchen gibbet nich'!«

Ich versuche mich zu beherrschen.

»Dann hätt' ich gern' so'n Karo-Kaffee.«

»Is' auch aus.«

»Abber da steht doch noch 'ne Packung!«

»Ja«, die Augen des Kiosk-Besitzers treten deutlich aus den Augenhöhlen heraus, »abber nich' für dich. Is' vorbestellt.«

Mein Puls ist deutlich erhöht.

»Dann nimm' ich 'ne Schachtel Lucky Strike.«

»Geht doch«, sagt der Mann unbeeindruckt. »Drei neunzich.«

Ich bezahle, stecke die Zigaretten ein und stampfe lauten Schrittes zurück in meine Wohnung.

Nach dem Reinkommen stecke ich mir eine Zigarette an. Hastig inhaliere ich so lange, bis kein Nikotin mehr kommt und der Filter anfängt zu glühen. Danach stecke ich mir sofort die zweite an. In dem Moment schellt es an der Tür. Ich öffne, die Zigarette im Mundwinkel.

»Was machst du denn da?«, fragt meine fürs Wochenende aufgestylte Vermieterin.

»Männerfrühstück«, antworte ich pathetisch.

»Ich hab' dir doch gesacht, du solls' hier drin nich' rauch'n!«

Ich schätze meine Vermieterin Frau Szczepaniak auf Mitte fünfzig. Sie ist mindestens einen Kopf kleiner als ich. Genauer kann man das wegen der hochhackigen knallroten Pumps nicht sagen. Sie ist ein schmerzhaft offenherziger Mensch und spricht mich nach lediglich zwei Treffen mit »du« an. Und »Andi« nennt sie mich. Ihre Stimme ist schrill und laut, schon fast kalifornisch, und sie kreischt das ganze Haus zusammen, als sie mir die unterschätzte Schönheit der Single-Wohnung näherzubringen versucht.

Beim Betreten des Domizils kommt man zunächst in eine etwa zwei Quadratmeter große Diele, die nach links in die weiteren Räume führt. Um den Einstieg zu erschweren, ist direkt hinter der Tür eine Garderobe angebracht, so dass man die verglaste Tür nur halb aufkriegt. Einen Schritt in den Flur rein steht ein kleiner hüfthoher Schrank, gegen den Besucher gerne laufen. Darüber ein mit dunklem Holz umrahmter Spiegel. Da kann man dann sein schmerzverzerrtes Gesicht begutachten, wenn man in die Wohnung stolpert. Nach links geht das gefühlte drei Quadratmeter große Badezimmer ab. Aus mir unerklärlichen Gründen mit hellbraunen Teppichfliesen ausgestattet. Neben Spülbecken und Klo sind eine Waschmaschine und eine Duschkabine entlang der linken Wand des kleinen Raums untergebracht. An der rechten Wand hat man ungefähr zwanzig Zentimeter zum Rangieren.

»Da hass'e doch allet, wat'e brauchs', Andi!«

Das ist wohl ihr Lieblingsspruch, denn er ist mir schon bei der ersten Begehung als penetrant frequent aufgefallen.

Die Waschmaschine soll ich aber nicht benutzen, weil zwei der Nachbarn schon mal Probleme mit ihren Geräten gehabt haben und deshalb für Überschwemmungen sorgten, die sich teilweise sogar bis ins Treppenhaus ergossen. Die Problemvermeidungsstrategie besticht durch ihre Schlichtheit. Und lüften soll ich. Unbedingt. Sonst gebe es Stockflecken. Ich fühle mich jetzt schon, als wäre ich bei meiner Großmutter eingezogen.

An den Flur schließt sich geradeaus die Küche an. Dort angekommen, setzen wir uns erst mal an den zentral platzierten Tisch mit Plastikdecke.

»Bei'e Küchenzeile hass'e doch auch allet, wat'e brauchs', Andi!«

Das kleine, kompakte Kücheneinrichtungsstück liefert tatsächlich alles, was das Herz begehrt. Zwei Kochplatten, Spüle, Kühlschrank mit Tiefkühlfach, Mikrowelle inklusive Grill und die Mini-Spülmaschine »Melanie«.

»Wir hatt'n hier ja mit deine Vormieterin massiv Probleme mit Schimmelbildung. Deshalb muss'e auch hier immer schön lüften.«

Gesagt, getan. Die rüstige Mittfünfzigerin hechtet zum Küchenfenster und reißt es auf. Dabei bleibt ihr Blick kritisch an der Heizung kleben, die ich Frostbeule gestern erst mal volle Pulle aufgedreht habe.

»Hier, da muss'e auch aufpass'n, Andi! Auf zwei reicht völlich. Und wir ham ja no' nimma richtich Winter«, fängt sie in einem Ton zwischen besorgter Mutter und verärgerter Krankenschwester an zu dozieren.

»Du kanns' natürlich auch auf fünf durchballern lassen, abber dann kriss'e 'ne tüchtige Nebenkostenabrechnung.«

»Mhm«, ist das Erste, was ich aktiv zu dieser Konversation beisteuere. Und das finde ich schon extrem kooperativ. Schließlich verkneife ich mir angestrengt ein ironisches »Ja, Mama!«.

In einen offenherzig interessierten Ton umschwenkend, fragt sie zwischendurch, wie es mir an meinem ersten Tag in der Wohnung so ergangen sei. Ich ignoriere die Anspielung auf den ausgiebigen totenbettähnlichen Mittagschlaf und gebe vor, lediglich ausgepackt zu haben.

Nicht weiter irritiert von meiner knappen und angesichts der fast unberührten Postboxen voller Vinyl-Schallplatten offenkundig falschen Antwort fängt die Frau mit dem kastanienrot gefärbten Haar an, mir die Funktionsweise des Fernsehers zu erklären. Der befindet sich ausnahmsweise in der Küche. Direkt neben dem Fenster, vor dem Frau Szczepaniak immer noch steht. Beim Vortrag stützt sie sich mit der linken Hand auf dem Gerät ab und zeigt hier und da mit der freien rechten Hand auf die Details, die zum Verständnis des Gesagten von Interesse sein könnten. Wie bei einer Butterfahrt. Oder beim Teleshopping. Ich verkneife mir jedoch jeglichen Kommentar. Meine Kopfschmerzen sind nach den zwei Zigaretten nicht wirklich weniger geworden, und ich bilde mir ein, dass ich am schnellsten wieder ins Bett komme, wenn ich ihr Einführungsseminar möglichst kommentarlos über mich ergehen lasse.

»In'n Wohnzimmer könn'n wa dat abber nich' steh'n lass'n. Dat wär' zu laut, weil wegen die Nachbarn. Die ham direkt neb'nan ihr Schlafzimmer.«

Ach ja, die Geschichte. Und weiter geht's. Von der Diele aus gesehen, führt rechts eine Tür aus der Küche in das Wohn- und Schlafzimmer, den größten Raum des Apartments. An der rechten Wand stehen in dieser Reihenfolge: ein Bett, eine Couch, ein Wohnzimmertisch, ein Sessel. Letzterer in Richtung des verwaisten Fernsehschranks gerichtet, der zusammen mit der Schrankwand die linke Hälfte des Raums schmückt.

»Dat Bett hab' ich extra für dich neu bezieh'n lass'n.«

»Jau. Dat hab' ich schonn gemerkt!«, sprudelt es aus mir heraus.

Bei meiner Gesprächspartnerin kommt der Spruch als Ausdruck wohlwollender Anerkennung an. Das heißt, ich habe Pluspunkte gesammelt. Die muss ich auch direkt wieder eintauschen, denn auf dem Weg raus bemerkt die Vermieterin das Orgelungetüm.

»Dat is' do' nich' laut, odder?«, fragt sie besorgt.

Ich investiere einige Worte darin, ihr glaubhaft zu machen, dass man das mechanisch betriebene Instrument auch mit Kopfhörern spielen kann, und verweise auf ein Loch im Holz, in dem man vermeintlich die nachbarfreundliche Schallschutzvorrichtung anbringen kann.

»Ja, dann mach' dat abber auch, ne? Der Nachbar nebenan hat direkt hinter die Wand sein Schlafzimmer. Und der muss morg'ns früh raus. Der brauch' sein Schlaf!«

Der geschäftliche Teil des Besuchs wird mit dem feierlichen Unterzeichnen des Mietvertrags am Küchentisch abgeschlossen. Ich überfliege das Standardschreiben und unterschreibe.

»Ah so … Da kommt so'n Strich auf dein Name.«

Sie meint den Akutakzent auf meinem Vornamen. Ja, kommt. Ist schließlich ein französischer Name. Und der hat es eigentlich auch verdient, in Gänze ausgesprochen zu werden. Ist mir im Moment aber auch egal. Ich will wieder ins Bett, meinen Kater auskurieren.

Unaufgefordert textet mich die Eule, noch in der Diele stehend, voll.

»Heute is' Freitach. Gumma, dat'e heute Ab'nd ma' rauskomms'. Dat is' nich' gut, wenn'e hier immer nur inn'e Bude hocks'.«

Mir liegt das »Ja, Mama!« bereits auf den Lippen, aber so schnell komme ich gar nicht dazwischen.

»In Bottrop is' heute wat los. Ich mach' mich noch 'n bissken schick, und dann geh' ich schomma hin. Zum Skifahr'n.«

Da ist man mal kurz im Exil, und wenn man zurückkommt, sind sie alle durchgedreht. Der Ruhrpott ist inzwischen Ski-Gebiet. Auf einer alten Halde haben sie eine Ski-Halle gebaut. Da will die aufgepimpte Uschi wohl hin, schlussfolgere ich aus ihrem Redeschwall.

»Un' heute Ab'nd is dann da Top-Ü30-Party. Vielleicht wills'e ja auch kommen, Andi?«

Will ich bestimmt nicht. Ich dränge Frau Szczepaniak aus der Diele, ohne zu antworten.

»Zum Après-Ski!«, höre ich noch, bevor die Wohnungstür zufällt.

Jetzt ist es doch schon 11:00 Uhr an einem Freitagmorgen, den ich eigentlich gar nicht erleben will. Ich schwanke in die Küche, mache das Fenster zu und drehe die Heizung wieder auf volle Pulle. Ich kämpfe mich zurück zum Bett, in das ich mich angesichts des ereignisreichen Tages resigniert fallen lasse. Mein Körper lechzt nach Flüssigkeit und Blutzucker. Bettdecke? Brauche ich jetzt nicht!

Ich wälze mich von links nach rechts und finde einfach keine Position, in der der Kopf nicht schmerzt. In einem Assoziationsgalopp komme ich auf Kris Kristoffersons »Sunday Morning Coming Down« und denke, was für ein genialer Songwriter der Mann doch ist, als ich leise die Textzeile »With no way to hold my head that it didn't hurt« summe. Aber Moment, der Gute beschreibt einen Sonntagmorgen und nicht einen Freitagmorgen. Ich hasse mich. Kaputter als Johnny Cash, der das genannte Lied einst zum Hit gemacht hat, jemals war. Ich hasse die Welt. Und ich hasse diesen hässlichen Wandschrank, den ich immerzu anstarren muss.

Ich fummele mir mit zittrigen Fingern eine Zigarette aus der Schachtel, stecke sie an und ziehe zweimal daran. Der Geschmack im Mundraum und das Kratzen im Hals sind widerlich, denke ich noch, bevor mich die Übelkeit übermannt. Ich stürze ins Badezimmer und spucke Galle auf die schönen Teppichfliesen vor dem Klo. Nach drei erfolglosen Würgattacken gebe ich auf. Notdürftig lege ich eines von Frau Szczepaniaks Handtüchern über den Kotzfleck und wanke zurück ins Bett. Ich bleibe erst noch mal aufrecht sitzen. Kreislauf. Und dann mache ich das, was ich früher immer gemacht habe, wenn ich krank war: Ich lege Neil Youngs »Tonight's The Night« auf.

Der tragbare Plattenspieler dröhnt sich die Seele aus dem Leib, während die ersten Akkorde des Titeltracks erklingen. Ich betrachte, aufrecht auf dem Bett sitzend, das Bandfoto auf der Rückseite des Plattencovers. In diese Gesellschaft könnte ich mich problemlos einfinden. Ich falle mit dem Oberkörper ins Bett. Neil Young ist eigentlich Musik für dicke Mädchen. Das habe ich in einem Buch gelesen, das mir ein Freund aus Süddeutschland mal zum Geburtstag geschenkt hat. Eine Sammlung von schlauen Germanisten-Verrissen der hundert meist überschätzten Platten der Rockgeschichte. Da ging es eigentlich ums »Harvest«-Album. Obwohl meine Platte des Tages nicht in dem Buch rezensiert wird, überkommt mich bei »Mellow My Mind« die gruselige Einsicht, dass ich eigentlich ein dickes Teenager-Mädchen bin. Gott bewahre. Wenigstens bin ich abgelenkt vom Kopfschmerz und sinke unsanft in den Schlaf.

Panisch erwache ich irgendwann, weil die Nadel immer noch auf der letzten Rille vor sich hin kratzt. Ich stehe auf, drehe die Vinylscheibe um und läute die zweite Runde ein. Leider finde ich nicht sofort wieder in den Schlaf und sehe mich bei »New Mama« mit Frau Szczepaniak auf der Après-Ski-Party tanzen. Ich beende den Alptraum mitten in der zweiten überflüssigen und misslungenen Version des Titeltracks, die das Album abschließt. Ich stecke den Schlüssel ein, der noch auf dem Küchentisch liegt, und verlasse die Wohnung.

Zwei Stockwerke über mir wohnt ein alter Bekannter. Der Steiger. Den Namen hat er sich verdient, als er eine

Ausbildung zum Betonbauer auf Zeche Hugo in Gelsenkirchen nach wenigen Wochen abgebrochen hat. Noch Jahre danach erzählte er von seiner rühmlichen Zeit »unter Tage«, obwohl sein gesamter Familien- und Freundeskreis sich sicher ist, dass der Halunke Kohle noch nie aus der Nähe gesehen hat. Noch nicht mal »über Tage«.

Das Treppenhaus ist in Gänze in dunklem Holz getäfelt. Die letzten Stufen vor seiner Wohnungstür verlaufen parallel zur Dachschräge, so dass man nur gebückt auf die Fußmatte mit der Aufschrift »Eile mit Weile« treten kann.

Ich schelle. Ich schelle ein zweites Mal. Beim dritten Mal höre ich in der Wohnung eine Tür aufschlagen, und den Bruchteil einer Sekunde später steht Steiger in der geöffneten Wohnungstür.

»André«, sagt er, beide Silben gleich stark betonend und das R auffällig rollend. »Da biss'e ja endlich. Ich hab' schonn gehört, dass'e eingezogen bis'.«

Von wem?, frage ich mich, als ich ihm wortlos durch die Küche ins Wohnzimmer folge.

»Wieso wars'e gestern nich' da?«, fragt er mich schon fast anklagend.

»Ich hatte noch zu tun«, lüge ich. Die meisten meiner Freunde zu Hause gehen keiner geregelten Arbeit nach, von daher kann ich mit solch geschäftigen Äußerungen immer unangenehme Nachfragen unterbinden.

»Brot is' im Kühlschrank, Salz steht neben'm Herd.«

Gut zu wissen, dass sich bestimmte Sitten halten. Ich verzichte auf die beiden Begrüßungsgeschenke und setze mich neben Steiger auf das Sofa, auf dem er – wie der notdürftig zusammengerollte Schlafsack unter seinem Hintern offenbart – seine Tage und Nächte verbringt.

Steiger ist inzwischen Anfang vierzig, leicht untersetzt und wirkt immer noch siffig. Wir kennen uns aus alten Punkrock-Tagen, in denen eine konsequente Verweigerungshaltung in Sachen Körperhygiene unsere sozialpolitische Protesthaltung zum Ausdruck bringen sollte. In gewissem Sinne sind wir immer noch Punks, aber das wird wohl – selbst nach ausführlicher und angemessener Erläuterung – nicht jeder anerkennen.

Steiger trägt eine speckige Jeans, ein Misfits-T-Shirt und ein schwarzes Baseball-Cap, auf dem GE steht. Steiger ist als »alter Bergmann« natürlich Schalker. Während ich es mir auf dem Sofa gemütlich mache, steckt sich der Kollege erst mal eine Wasserpfeife an. Ich würde tippen, nicht die erste heute. Nach dem Inhalieren lässt er den Rauch gleichmäßig und langsam aus seinem Mund austreten, bis sein Gesicht völlig hinter einer Cannabis- und Nikotinwolke verschwindet. Erst jetzt bemerke ich den überdimensionierten Fernseher, der uns gegenüber vor sich hin säuselt.

»Wat gucks' du denn da?«, frage ich in Anspielung auf die Gerichtsshow, in der gerade der Fall eines gewalttätigen Luden verhandelt wird.

»Echte Fälle«, antwortet er – Steiger und nicht der angeklagte TV-Lude – mit rollenden Augen.

Hallo, ihr Lieben!

Steiger hat die Ruhe weg. Er sitzt, lässig mit dem Oberkörper gegen die Rückenlehne gestützt, auf der rechten Seite der Dreier-Couch. Die Beine bequem gespreizt. In der linken Hand hält er eine Universalfernbedienung, mit der er Fernseher, DVD und Stereoanlage bedienen kann. Bewegung geht nur von der rechten Hand aus, die abwechselnd Bierkanne oder Zigarettenschachtel für den unmittelbar bevorstehenden Gebrauch bereithält.

»Und? Wie iss'et?«, fragt er und dreht seinen Kopf leicht nach links, um mich besser sehen zu können.

Im Gerichtsfernsehen deutet sich gerade eine Handgreiflichkeit zwischen dem Luden und einem Zeugen an.

»Et muss«, antworte ich, dem sprachlichen Ritual folgend.

Wir starren beide auf den Fernseher. Der Lude imitiert im Übrigen schlecht einen Ruhrpott-Dialekt. Er soll wohl aus Dortmund kommen, sagt immer T für S und vertauscht die Fälle. Die Geschichte der Ruhrgebietssprache ist halt eine Geschichte voller Missverständnisse. In Konstanz hat mein Chef immer mit einer übertriebenen Adolf-Tegtmeier-Verarsche Anspielungen auf meine Heimatregion verbrochen. Aber Jürgen von Manger ist halt nicht aus'm Pott.

»Wars'e getz die ganze Zeit in Bayern?«, fragt Steiger.

»Ich war noch nie in Bayern!«, keife ich zurück.

»Aber du bis' doch na' da unt'n hingezog'n, odder nich'?«

»Du meinst Konstanz!«

»Ja. Is' dat nich' Bayern?«

»Nee. Dat is' Baden-Württemberg!«

»Ach da mit Luther und allet, ne?«

»Nee.«

»Ich krich Angst!«

Steiger setzt sich auf die vordere Kante des Sitzmöbels und fängt an, mit einem Titten-Feuerzeug das kleine Stück Haschisch, das bis jetzt am Rand eines Holzbrettes direkt vor ihm auf dem Wohnzimmertisch lag, zu erwärmen. Langsam bröselt er den Shit auf einen Haufen mit beachtlicher Höhe.

Ich werde unruhig. Seit ich reingekommen bin, ist nichts, aber auch gar nichts passiert. Ich habe das Gefühl, die Welt um uns herum dreht sich doppelt so schnell wie vorher und ich verpasse gerade mindestens zwei Weltkriege.

»Soll'n wa DVD gucken?«, fragt Steiger beiläufig, als er den Tabak aus einer Filterzigarette auf den Haschischhaufen krümelt.

Bevor ich antworten kann, hat er schon umgeschaltet, und wir springen direkt in eine Szene, in der ein Bauarbeiter eine Sekretärin mit auffälligem osteuropäischen Akzent bumst. Den Handlungsstrang kann man nur durch die Requisite erahnen, wir steigen direkt beim fortgeschrittenen Verkehr ein.

Auf dem Böselbrett wird gerade fachmännisch mit einem Küchenhäcksler gehackt. In minutenlanger Feinarbeit entsteht ein feinstaubiges homogenes Gemisch, während die beiden Darsteller auf dem Bildschirm die Stellung zum Analverkehr wechseln.

Ich schaue interessiert zu, wie es Steiger gelingt, das Vorbereiten der nächsten Wasserpfeife auf unendlich lange Zeit hinauszuzögern, um dann gefühlte Stunden zu warten, bis er die Bong anraucht. Ich bin kurz davor, die Hukka selbst zu rauchen, damit endlich was passiert.

»Gumma, wie die guckt!«, ruft er mir lachend zu, mit der linken Hand auf den Fernseher zeigend und mit der rechten Hand die fertig präparierte Wasserpfeife balancierend.

»Ja, toll!«, antworte ich ungerührt. Wenn ich doch bloß wüsste, wie ich sonst meine Zeit rumkriegen kann. An Arbeit ist vor Montag nicht zu denken. Für echte Freizeitaktivitäten fühle ich mich zu schwach. Und die Liste meiner sozialen Kontakte in dieser Stadt ist mehr als begrenzt. Sprich: nicht existent.

Während Steiger pafft, schleicht sich eine fast weiße, flauschige Katze vor meine Füße. Sie steht dort eine Zeit und mustert mich von oben bis unten. Danach guckt sie kurz auf ihr Herrchen. Plötzlich faucht mich das Vieh an, stellt die Nackenhaare auf und reckt den Schwanz in die Höhe.

»Dat is' Fräulein Wunder«, entweicht es aus der Nebelschwade auf dem Sitzplatz neben mir. »Dat Tier is' nämlich 'n echtet Wunder, so flauschig, wie die is'.«

Leuchtet mir nicht ganz ein. Ich bin aber auch noch zu sehr damit beschäftigt, keine Angst vor dem Biest zu haben. Sie faucht weiter und zeigt mir die Zähne.

Auf dem überdimensionierten Bildschirm deutet sich gerade der Cumshot an. Der Bauarbeiter bearbeitet heftig seinen Prengel, während die Uschi erwartungsvoll in die Kamera glotzt.

»Gumma, schonn widder!«, höre ich von meiner Rechten.

Die Olle macht in der Tat ein ziemlich dummes Gesicht. Steiger hat inzwischen die Wasserpfeife auf dem

Tisch abgestellt und lässt sich in die Rückenlehne zurückgleiten. In der linken Hand die Fernbedienung.

»Oh ja! Ja! Jaaa!«, ertönt es aus dem Fernseher. Doch bevor der Bauarbeiter sich auf das Gesicht der Sekretärin ergießen kann, schaltet Steiger neben mir zurück ins Fernsehprogramm.

»Hallo, ihr Lieben!«

Noch nie fand ich Oliver Geissens Standardbegrüßung so abtörnend.

Kaum zu glauben, aber wahr: Irgendwo zwischen den zahlreichen Wasserpfeifen sind die Mittagsstunden verschwunden. Es ist knapp 15:00 Uhr, und ich sitze immer noch bei Steiger auf der Couch.

Mein alter Kumpel spielt mir geduldig alle seine Musikentdeckungen vor. Er ist dem Punkrock treu geblieben. Kaum zu glauben, dass es immer noch Leute gibt, die in Punkbands spielen und Platten aufnehmen. Und Steiger kennt sie alle. Ich höre inzwischen kaum noch Unterschiede zwischen den ganzen jungen Bands, die »so wie früher« klingen.

Plötzlich durchbricht das Läuten der Klingel die Stille, die zwischen zwei höllisch lauten Tracks einkehrt. Steiger ist unbeeindruckt.

»Hömma, hat dat nich' geschellt?«, frage ich in freudiger Erwartung auf etwas Abwechslung.

»Nee!«, sagt der Kollege rechts neben mir, als er beim Einsetzen des nächsten Songs anfängt, Luftgitarre zu spielen.

»Doch!«, entgegne ich leicht genervt.

Steiger greift nach der Universalfernbedienung und schaltet die Stereoanlage auf stumm. Es schellt erneut.

»Jau, du has' recht«, höre ich es aus seinem Mund ertönen, sehe aber sonst kein Anzeichen von Reaktion.

»Wills'e nich' aufmach'n?«, frage ich energisch.

»Jau.«

Gesagt, getan. Als Steiger gerade aus der Wohnzimmertür heraus ist, schellt es ein drittes Mal.

Ich höre Stimmen im Flur. Ich vermeine, ein »Komm rein!« aus Steigers Mund zu vernehmen.

Hinter dem Hausherrn kommt mein alter Schulkollege Dennis ins Wohnzimmer geeilt. Steiger immer dicht auf den Fersen, weil er mit jedem Schritt doppelt so viel Strecke wettmacht wie der tranige Kiffer.

»Wat machs' du denn hier?«, fragt Dennis, sichtlich erfreut, mich zu sehen.

»Hab' beruflich in der Nachbarschaft zu tun und …«, setze ich an.

»Ja, weiß ich doch schonn!«

Dieses Kaff kennt echt keine Geheimnisse.

Dennis war zwei Jahre lang in meiner Parallelklasse auf der Realschule. Den Regeln der regionalen Kosenamengebung folgend, haben ihn alle »Denni« genannt. Er hat diese Anrede genauso gehasst wie ich »Andi«. Wir sind außerdem gleich alt. Unsere Wege haben sich getrennt, als er irgendwann sitzengeblieben ist und ich aufs Gymnasium gewechselt bin. Natürlich hat man sich hier und da noch gesehen. Das lässt sich bei einer Stadt dieser Größe ja auch kaum vermeiden. Aber unsere aktive gemeinsame Zeit hatten wir zwischen vierzehn und sechzehn. Dennis betreibt als lokaler Stargastronom inzwischen den Szenetreff in der Innenstadt. Das »Café«, in dem ich ja gestern so erfolgreich etwas Ablenkung vom tristen Alltag fand.

»Ich weiß auch, wat du gestern Ab'nd gemacht has'. Wieso hasse nich' Bescheid gesagt? Dann wär ich doch dazugestoß'n«, sprudelt es aus dem sportlichen jungen Mann heraus.

»Ja …«

Um ehrlich zu sein, wäre ich im Leben nicht auf die Idee gekommen.

»Da hättes'e 'ne Menge Geld gespart!«, hält Dennis die Konversation gekonnt am Laufen.

»Hömma, Steiger. Mach mir mal 'n Zwanni Piece feddich«, gibt er beiläufig seine Bestellung beim Hausherren ab. Der kramt direkt eine Tupperdose unter dem Sofa hervor und fängt an, die weiche Droge zu portionieren.

»Wat ich mich freu', dich hier zu seh'n! Wie geht et dir?«, schießen die Worte weiter überschwänglich aus dem gepiercten Mund.

»Ja, soweit gut«, zwänge ich eine Antwort aus mir heraus. Der geschäftige Kleinstädter hat mich tatsächlich überrollt hier in dieser Einöde.

Steiger wirft einen Klumpen Haschisch ans andere Ende des Tisches. Dennis sammelt ihn sorgsam auf, steckt sich das Rauschgift in die Brusttasche seines Hemdes und hinterlässt einen Zwanzig-Euro-Schein auf dem Wohnzimmertisch. Er steht immer noch halb in der Tür, offenkundig auf dem Weg raus.

»Wat is' mit dir? Wills' du etwa hierbleiben?«, fragt er ungläubig.

Ich blicke rechts zu Steiger rüber. Der guckt bedröppelt zurück.

»Ich wollt' dir doch noch die neue Platte vom Axel vorspiel'n …« Steiger nennt nur noch selten Bandnamen und tut stattdessen so, als würde er die Masterminds der Kapellen persönlich kennen.

Ich fühle mich hin und her gerissen. Aber meine innere Unruhe weist mir unmissverständlich den Weg.

»Kanns'e mir doch auch morg'n noch vorspielen.«

Ich stürze mit Dennis die Treppen hinunter. Ich spüre meinen Kreislauf und bleibe auf halbem Wege kurz stehen.

»War wohl ‘n bissken viel gestern, wa?«, verspottet er mich. »Un’ lass’ die Foten von mein Personal!«, sagt er in übertrieben strengem Ton und zwinkert dabei ironisch.

»Hä?«, frage ich in meiner studierten Wortgewandtheit unwissend.

Dennis ist nicht der Typ für lange Erklärungen. Schon stürmt er durch die Haustür und auf die Straße. Ich komme kaum hinterher. Als ich ihn endlich auf dem Bürgersteig einhole, steht er mit den Armen in die Hüfte gestützt vor einem Golf GTI. Neongelb-rote Lackierung. Alu-Felgen. Extra dicker Auspuff. Schalensitze mit Hosenträgergurten. Sportlenkrad. Natürlich tiefergelegt.

Ich schnappe nach Luft und ringe um Fassung. Respekthaschend blickt er auf das Häufchen Elend, das er noch aus der Schulzeit kennt, herab.

»Dat is nich’ dein Ernst, odder?«, frage ich provozierend, als ich wieder einigermaßen rhythmisch atme.

»Und ob!«, tönt Dennis stolz und fängt an, mit mir eine Besichtigungstour um das Auto zu zelebrieren.

»Hier: Die hab’ ich letzte Woche erst draufgemacht«, erklärt er, auf die pfeilförmigen Aufkleber am Fahrzeugrand zeigend.

»Wenn ich ma’ richtich die Schnauze voll hab’ vom Geschäft, dann setz’ ich mich in die Rakete hier rein und baller runter zum Nürburgring. Da kriss’e ma’ richtich den Kopp frei, wenn’e da deine Runden drehs’!«

Ach, so ist das. Ich kann es immer noch kaum glauben, dass mein alter Schulkollege so was wie ein Manta-Asi geworden ist, als Dennis schon die Tagesplanung übernimmt.

»Komm, wir fahr’n in’n Saturn, rumprollen!«, erklingt das verlockende Angebot.

Dennis hat sich schon lange die Sicherheitsgurte in seinem Rennsitz umgeschnallt, als ich immer noch den überdimensionierten Schriftzug auf der Heckscheibe begutachte:

»Und tschüss …«

Kurz nach drei startet Dennis den Motor seines quietschbunten Golf GTI. Mit der linken Hand kurbelt er lässig das Sportlenkrad nach links, während er sich locker in die bequemste Position seines Massagesitzes fläzt. Gekonnt legt er beim Start eine Hundertachtzig-Grad-Wendung auf der unbefahrenen Straße hin.

Mein Magen dreht sich um. Ich habe selbst genug von meiner Wehleidigkeit und reiße mich zusammen. Der geschäftige Hobby-Rennfahrer neben mir gibt schließlich ein beachtliches Tempo vor. Kaum schnurrt das Auto geradewegs Richtung Kreuzung, verlässt sein Blick die Straße und visiert mich an. Das Steuer hält er lässig mit einer Hand. Ich kralle verbissen beide Hände in den Sitz, als er, an der Kreuzung angekommen, einem Trupp fleißiger Handwerker in einem Transit die Vorfahrt nimmt.

Nach nur zwei rasanten Rechts- und einem schwungvollen Linksabbieger erreichen wir über einen Kreisverkehr die stark frequentierte Bundesstraße 224, die uns unkompliziert und vor allen Dingen ohne unnötige Umwege direkt stadtauswärts führt. Dennis erzählt die ganze Zeit. Von seinem Job, der ihm anscheinend deshalb so viel Spaß macht, weil er inzwischen nur noch drei Tage die Woche arbeitet. Die verbleibenden Aufgaben delegiert er an seine Mitarbeiterinnen und Mitarbeiter. Und dabei wird er nach eigenen Aussagen reich.

Schau an!

Er hat inzwischen auch ein Angebot aus Münster. Er soll dort eine Kneipe übernehmen und wieder für gescheiten Umsatz sorgen. Insgeheim träumt er von einer eigenen »Café«-Kette.

Ich bin gedanklich immer noch bei den drei Arbeitstagen pro Woche. Ich muss als Akademiker immerhin vier Tage die Woche arbeiten! Ich fühle mich ein wenig vom Leben betrogen. Schließlich habe ich fast zwölf Jahre Ausbildung hinter mir. Dennis hat einen Realschulabschluss.

Beim ganzen Reden und Angeben wird es ihm dann doch irgendwann langweilig. Er drückt scheinbar wahllos auf den hell und bunt leuchtenden CD-Player und grinst mich blöd an – ohne dabei auf die Straße zu gucken. Er nimmt beide Hände vom Lenker und macht Stereo die Becker-Faust, als ein mir aus der Vergangenheit nur noch schemenhaft bekanntes E-Gitarren-Intro durch die Lautsprecheranlage auf der Rückbank dröhnt.

Während ich immer noch versuche, mich zu erinnern, was das für ein Stück ist, das da so theatralisch eingeführt wird, fängt mein alter Jugendfreund schon wieder an zu erzählen. Er gibt mir ein kurzes Update, wer inzwischen weggezogen ist, wer gestorben ist und was die machen, die immer noch hier sind. Er fühlt sich zu Recht als Gewinner.

Und dann Mike Muirs Stimme. Es fällt mir wie Schuppen von den Augen. Komplette Reizüberflutung, weil Dennis parallel zum Mitsingen seine Schilderung in blumiger Sprache fortsetzt.

YOU!

Redeschwall.

CAN'T!

Redeschwall.

BRING!

Redeschwall.

ME!

Redeschwall.

DOWN!

Musikalisch waren wir schon immer auf verschiedenen Wellenlängen. Dennis ist früher Skateboard gefahren und steht immer noch auf Hardcore. Ich war früher Punkrocker und erinnere mich noch mit Grauen an die erbärmlichen Diskussionen, ob die Dead Kennedys nun Punk oder Hardcore seien. Die Suicidal Tendencies sind auf jeden Fall und total unstrittig Hardcore. Das gebe ich hiermit zu Protokoll. Unterm Strich hat man ja solche Einordnungsprobleme auch nur, wenn man kilometerweit von einer echten Szene entfernt bei seinen Eltern wohnt.

Wir fahren auf die A42. Man kann ja über das Ruhrgebiet sagen, was man will, aber eins steht fest: Du kommst mit dem Auto schnell weg. Innerhalb von zehn Minuten geht es von fast überall aus auf irgendeine der zahlreichen Autobahnen. »Verpasst du mal eine Ausfahrt, bist du direkt zwei Städte weiter«, so hat es seinerzeit ein ehemaliger Konstanzer Kollege formuliert. Von seiner eigenen, leicht beschränkten Perspektive aus betrachtet auch verständlich: Vom Bodensee braucht man ja auch mindestens dreimal so lange wie hier, um auf eine Schnellstraße zu gelangen. Den Kreis Konstanz hat man dann aber trotzdem noch nicht verlassen.

Feierabendverkehr an einem Freitagnachmittag ist zwischen Bottrop und Oberhausen gleichbedeutend mit Stau. Dennis ist von der Bewegungslosigkeit wie benebelt. Ich warte die ganze Zeit nur darauf, dass er im ersten Gang, wie ein Schneeräumfahrzeug, den Stop-and-go-Verkehr vor sich her wegschiebt. Als die Hardcore-Scheibe ihrem Ende entgegengeht, setzt mein Fahrer endlich den Blinker rechts, um die Autobahn zu verlassen. Ausfahrt Neue Mitte, Oberhausen. Die einzige Stadt, die den Strukturwandel nicht verpasst hat. Was haben wir früher über das Großprojekt CentrO gelacht. Ich und Steiger. Dennis im Übrigen auch. Jetzt ist uns das Ausflugsziel für eine kurzweilige Abwechslung an einem drögen, verkaterten Freitag gerade recht. So ändern sich die Zeiten, und ich weigere mich, es gutzuheißen.

Dennis steuert unbeirrt Parkhaus 3 an und fährt direkt neben dem Eingang auf den Behindertenparkplatz. Beim Aussteigen legt er gut vorbereitet einen Behindertenparkausweis in die Frontscheibe.

»Hab' ich vom Alf. Der arbeitet im Altenheim.«

Wer ist Alf? Ich bekomme nicht die Gelegenheit nachzufragen. Als ich mich noch zu orientieren versuche, gibt der Ü30-Beckham zu Fuß Gas. Er erwartet mich freudestrahlend auf dem sterilen Platz vor dem Eingang.

»Soll'n wa drinn'n durchgeh'n odder übber die Promenade?«

Meine Meinung ist anscheinend gefragt. Die Alternativen kann ich allerdings nicht wirklich abwägen. Was heißt hier eigentlich Promenade? Wir sind in Oberhausen und nicht auf Sylt. Und wieso sprechen alle »Zentro« als »CentrO« aus; also mit italienisch anmutenden initialem »tsch« und rollendem »R«? Sind wir hier in der Toskana? Ich atme gerade tief ein, um meinem Unmut Luft zu verschaffen, da nimmt mir Dennis die Entscheidung ab.

»Komm, lass uns ers' ma' inne Oase, ich krich' Hunger.«

Der Eingang zur »Coca-Cola-Oase« ist rechts mit einem McDonald's und links mit einem Starbucks bestückt. Eine Kaffeebude, in der man mit der Bestellung »Einen

Kaffee, bitte. Aber schön stark!« nicht weiterkommt, passt definitiv nicht in mein Weltbild. Und nachdem ich in einer Filiale des »geschwungenen Ms« Hausverbot bekommen habe, habe ich auch jegliche Toleranz gegenüber multinationalen Fast-Food-Ketten verloren.

Gott sei Dank macht mein Fitnesstrainer keine Anstalten, einen der verhassten Läden zu betreten. Ganz im Gegenteil, er stürmt, ohne nach links oder rechts – oder nach hinten, wo ich schon wieder zurückbleibe – zu schauen, zur Nummer 57 im Lageplan des Einkaufsparadieses.

Kaum bei Curry Karl angekommen, grüßt eine der durchgeschwitzten Currywurst-Schubsen Dennis umständlich und fängt geschäftig an, zwei extra scharfe Portionen der Hausspezialität in einer Pappschale anzurichten. Die zweite Bedienstete verkrümelt sich derweil durch die »Nur für Personal«-Tür und kommt kurze Zeit später, als uns der feurigscharfe Snack über die Theke gereicht wird, mit einem exakten Klon meines Freizeitbegleiters wieder zurück an die Kasse.

»Dän, alten Wemser!«, ertönt die leicht piepsige Stimme des Curry-Königs.

Dennis streckt seinen Arm über die Theke und gibt dem generösen Gastronomen die Hand noch komplizierter als zuvor seinem durchgeschwitzten Mitarbeiter. Als wären wir hier im Ghetto. Wir bezahlen nichts. Die Lebensweisheit, dass man kein Geld mehr ausgeben muss, wenn man nur genug hat, scheint sich zu bestätigen. Stattdessen stellt Dennis mich seinem alten Kumpel Karl vor.

»Hömma, dat is' mein Kollege André. Der hat mehr drauf wie du und ich zusamm'n.«

»Jau, weiß' ich Bescheid«, entfährt es Karl emotionslos.

»Dann kanns'e dem jetz' auch immer ein'n ausgeben!«

Beide lachen.

Ich habe das Geschehen bis jetzt nur stumm beobachtet. Nach dem ersten Bissen von dem in knallroter Soße ertränkten Ritze-Pimmel ist der Spaß zumindest für mich endgültig vorbei. Ich spucke Feuer. Die beiden sehen mich nach Luft ringen und lachen nur lauter.

»Wer sacht denn, dat man nur in Thailand ord'ntlich scharf ess'n kann?«, fragt mich »Dän«.

»Ich bestimmt nich'!«, sage ich kleinlaut, als ich mir die von Kalle rübergereichte Wasserflasche an den Hals setze.

Wir verbleiben dann auch eine Weile in dem runden Fress-Tempel, der wegen der vielen fetten Fast-Food-Teenager aus allen Nähten zu platzen droht. Auch die Knöpfe an den viel zu engen Hüftjeanshosen der übergewichtigen Schülerinnen aus Oberhausen halten dem enormen Druck kaum noch stand. Heldenhaft der Gefahr trotzend, bald nur noch im Höschen dazustehen, beißen an jeder Ecke nuttig aufgepimpte Kalorienbomber genüsslich und sündenfrei in fetttriefende und multikulturelle Nahrungsersatzmittel; vom Hamburger bis zum Döner.

Ich schütte derweil wie bescheuert Wasser meinen stark verbrannten Schlund hinunter in der Hoffnung, irgendwie die importierte südostasiatische Schärfe zu neutralisieren.

Der Stargastronom meiner Heimatstadt läuft, mit immer noch völlig unbeeindruckten Geschmacksknospen seine Mörder-Currywurst verspeisend, links von mir in Richtung Saturn.

»Ich fahr' jetz' näm'ich immer nach Thailand im Urlaub. Da stimmt allet: die Landschaft, dat Wetter, die Leute, dat Essen … Abber wie gesacht, scharf ess'n kann man auch bei uns im Pott!«, erklärt Dennis beiläufig.

»Und geile Weiber da. Massage mit Happy Ending und allet all-inclusive!«

Wir passieren die »Bunte Gasse«, die deutlich zu eng geraten ist. Unausweichlich geht man auf Tuchfühlung mit unzähligen nach Schweiß stinkenden Ruhrpott-Asis. Bringt mir den Kopf dieses Architekten! Was ich damit dann alles anstellen würde, darüber wollen wir lieber nicht reden.

Ich habe inzwischen die Wasserflasche ausgetrunken. Die Schale mit dem ungenießbaren Imbiss schleppe ich aber noch mit mir rum. Meine gute Erziehung verbietet es mir, Dennis merken zu lassen, dass ich das Zeug nicht aufessen werde. Stattdessen warte ich auf eine Gelegenheit, die Schale unauffällig irgendwo fallen zu lassen. All-inclusive.

»Steiger is 'n traurigen Fall«, fängt der Mann mit den asiatischen Geschmacksknospen gleichzeitig laufend und essend an zu erklären. »Der vergammelt da ob'm in seine Bude und kommt nur noch für'de Heimspiele raus. Dat kann nich' mehr lange gutgeh'n. Und die ganze Zeit am Kiffen.«

Hartes Urteil von jemandem, der einen Zwanni-Piece in der Brusttasche trägt.

Dennis hat inzwischen aufgegessen und drückt die leere Essschale direkt einer türkischstämmigen Frau vom Reinigungsdienst in die Hand. Ich nutze die Gelegenheit und lasse meinen Currytorpedo in die Bepflanzung in der Mitte der Hauptstraße gleiten. In Stuttgart würde man für so was bestimmt von einem Dutzend pflichtbewusster Schwaben zur Rede gestellt. Hier denkt man sich, dass so Arbeitsplätze erhalten werden.

»Gut, ich baller' mir am Wochenende auch ma' ein'n. Abber dat kanns'e echt nich' vergleich'n. Vom Speed lass' ich ja jetz' auch die Finger.«

Da würde ich aber gerne einen Bluttest sehen. Das Tempo kann der ohne Doping doch gar nicht durchhalten.

Bevor ich für meinen alten Kumpel Steiger in die Bresche springen kann, wechseln wir am CentrO-Service-

Stand ins Obergeschoss. Dän verliert keine Zeit. Leichten, beschwingten Schrittes läuft er auf der rechten Seite zielstrebig in den Saturn. Ich, grazil wie ein Kakerlak mit angesengten Beinen, hinterher.

»Wat wills'e eig'ntlich in den Lad'n?«

»Ich will nur ma' gucken. Weg'n den Fernseher im Angebot.«

Sieh an! Mein alter Schulkamerad ist also einer der Leute, die diese unsäglichen Zeitungsbeilagen mit knallbunter Werbung tatsächlich auch lesen. Solche Verhaltensmuster kenne ich sonst nur von meinem Opa, der auf dieser Datengrundlage täglich die billigsten Hähnchen-Schenkel am Ort ausfindig macht.

Rein ins Elektrofachgeschäft. Und ohne Umwege direkt in die TV-Abteilung. Vorbei an den Gängen mit Küchengeräten. Vorbei an den Gängen mit Tonträgern. Letztere übrigens inzwischen die kleinste Abteilung des Geschäfts und menschenleer.

Während ich noch vor dem Hintergrund des Rückgangs an Tonträgerverkäufen Mitleid mit Dieter Bohlen bekomme, baut sich Dennis schon, mit den Armen in die Hüfte gestützt, vor dem Ausstellungsstück des Sony KDL zweiundfünfzig Z viertausendfünfhundert AEP LCD-Fernsehgeräts auf.

»Dat is' er!«, verkündet er stolz, fast so wie ein kleines Kind, das zu Weihnachten das größte Geschenk ausgepackt hat und nun den heiß ersehnten Inhalt benennt.

»Und du has' gedacht, Steiger hätte 'n groß'n Fernseher …«, liest er mentalistenmäßig in meinen Gedanken. »Der hat hundertzweiunddreißig Zentimeter Bildschirmdiagonale. Da kann der alte Gammelkiffer ma' schön einpack'n!«

Schon wieder will ich Veto einlegen und meinen Kollegen und Nachbarn in Schutz nehmen. Und schon wieder bin ich nicht schnell genug.

Dennis hat inzwischen eine blutjunge Verkäuferin erspäht. Sonnenbankgebräunt und die obere Schicht der ansonsten schwarzen Haarpracht aschblond gefärbt. Ich dachte, solche Frisuren gäbe es nur im Osten. Sagt man deshalb nicht auch Ossi-Deckel dazu? Auf ihrem Namensschild steht »J. Schwarz«.

Dennis lässt gekonnt seinen ganzen Charme spielen.

»Entschuldigung, junge Dame?«

Hört, hört!

»Ich hätte da ein paar Fragen zu diesem Gerät hier«, formuliert er in feinstem Hochdeutsch. »Können Sie mir da vielleicht weiterhelfen?«

Dennis grinst so, dass es selbst auf mich sympathisch wirkt.

»Ich kann es gerne versuchen«, sagt Fräulein Schwarz etwas schüchtern und mit verliebtem Blick.

»Gut! Frau äh … Schwarz«, gibt mein alter Schulkollege Behutsamkeit vor, geht dann aber doch in die Vollen. »Oder darf ich Jessica sagen?«

Hoch gepokert. Sie könnte ja auch Jacqueline heißen. Oder Jutta. Oder Julia. Oder gar Janette.

»Ja«, antwortet die junge Frau, die tatsächlich Jessica heißt.

Jetzt hat er sie.

Sie guckt verschämt von unten aus den Augen und spielt sich nervös in den Haaren.

»Sehr schön. Ich bin Dän«, lügt Dennis, den man auch Denni nennt, in einer übertrieben mondänen, astrein amerikanischen Aussprache seines Namens.

»Angenehm«, piepst es kaum hörbar aus dem hochroten Kopf.

»Hat der auch Scart-Anschlüsse?«

Als wenn das jetzt irgendjemand interessiert …

»Moment, ich guck mal. Hier steht zwei.«

»Das klingt gut! Und wo liegt der in Sachen Stromverbrauch?«

Auch diese Information kann die junge Frau, die zufälligerweise so heißt wie eine deutsche Nachwuchsschauspielerin, dem neben dem Fernseher aufgebauten Informationsschild entnehmen.

»Dreihundertzwanzig W… äh Watt. Im Stand-by-Modus nur ein W… äh Watt.«

»Auch das klingt gut.«

Ich denke schon, Dän macht die Uschi jetzt endgültig klar. Stattdessen verhaspelt er sich aber in technischen Details.

»Ist der auch HD-ready?«

Ist der was? Interessiert doch jetzt keine Sau, du Depp! Die Angabe ist nicht auf dem Informationsschild vermerkt. Entsprechend gerät Jessica Schwarz ins Straucheln und kann sich nur herauswinden, indem sie den Abteilungsvorgesetzten um Hilfe bittet.

»Moment, da muss ich mal eben den Herrn Schuster fragen.«

Herr Schuster hat den Flirt von Weitem beobachtet und sich schon mal einen Gang weiter bereitgestellt, um bei Bedarf dazwischenzugrätschen. Ein unsicherer Blick der Auszubildenden genügt, und er erweitert unsere Dreiergruppe zu einem flotten Vierer.

»Ist der auch HD-steady?«, fragt Jessica unsicher.

»Was?«

Herr Schuster ist offensichtlich etwas wortkarg. So, wie man es von Elektrofachverkäufern Anfang fünfzig mit ungepflegtem Vollbart auch erwartet.

»Nein, HD-ready!«, korrigiert Dennis.

»Ja.«

Hausverbot, auf Lebenszeit!

Nachdem Herr Schuster seine Auszubildende zum DVD-Hüllen-Sortieren abkommandiert hat, wird die Stimmung in der Dreier-Herrenrunde deutlich angespannt. Dennis lässt sich nicht gerne die Butter vom Brot nehmen und kann ziemlich ungemütlich werden. Für mich heißt das erst mal fünf Minuten fremdschämen. Die leicht herablassende Art, mit der Herr Schuster seine Abteilung führt und seine Kunden berät, stößt meinem bis jetzt gut gelaunten Begleiter unangenehm auf. Dennis blinzelt mir einmal kurz zu. An seinen zusammengepressten Lippen erkenne ich seine Rachegelüste.

»Mit jedem zweiten Klavierspieler, aber nich' mit den Commander!«, flüstert er mir leise zu.

Den Verlauf der nächsten fünf Minuten könnte man treffend als ein Battle um technische Fernsehkenntnisse beschreiben. Dennis will es wissen und erfragt jedes unnötige Detail, das ihm irgendwie einfällt. Herr Schuster ist sichtlich bemüht, sich keine Blöße zu geben.

»Bildschirmauflösung?«

»Tausendneunhundertzwanzig mal tausendundachtzig Pixel!«

»Helligkeit?«

»Fünfhundert cd Schrägstrich m2!«

Ich bin beeindruckt. Von Herrn Schuster, weil er diese Daten anscheinend auswendig weiß. Aber auch von Dän, weil er offensichtlich was mit diesen Zahlen anzufangen weiß.

»Wie sieht es denn mit dem Kontrastverhältnis aus?«

»Achtzigtausend zu eins!«

»Wie viele Programmplätze?«

»Neunundneunzig plus DVB-T Schrägstrich C HD!«

Ich bin spätestens nach dieser Buchstabenkombination raus.

»Neben den beiden Scart-Anschlüssen hat der wie viele Anschlüsse?«

»Dreimal HDMI, VGA, USB, YUV, LAN!«

Ich gebe zu, dass ich zu diesem Zeitpunkt bereits halb in einem anderen Gang der TV-Abteilung stehe. Ich beobachte das Geschehen nur noch aus den Augenwinkeln und tue so, als ob ich mich für den billigsten Fernseher am anderen Ende der Aufreihung von TV-Geräten interessiere.

»Den YUV-Anschluss zeigen Sie mir aber mal!«

Herr Schuster geht tatsächlich auf die Knie und krabbelt hinter das Ausstellungsstück. »Hier!«, brüllt er und zeigt mit dem gestreckten Zeigefinger auf eine der vielen Buchsen.

»Kein Grund, so unhöflich zu werden! Der Kunde ist schließlich König …«, treibt es mein alter Schulkollege auf die Spitze, gleichzeitig Blickkontakt mit mir suchend.

Ich bemerke das und lasse sofort ab von dem kleinen silbernen und überzeugend handlich aussehenden Fernseher für schlappe hundertzwanzig Euro. Wenn es hart auf hart kommt, hält das Pack halt zusammen.

Herr Schuster versucht sich zu beherrschen. »Was wollen Sie denn noch wissen?«, ertönt es gequält höflich aus dem Rauschebart mit Suppenresten.

»Wie schwer ist das Gerät eigentlich?«

»Einundvierzig Kilo.«

»Nie im Leben«, protestiert Dän und schickt sich an, das Ausstellungsstück anzuheben.

»Bitte nicht anfassen!«, brüllt Herr Schuster mit einer kurzen Geste auf das »Nicht anfassen!«-Schild, das über dem Gerät hängt.

Dennis gibt klein bei. »Na gut«, lenkt er ein. »Dann wollen wir uns mal über den Preis unterhalten. Wie viel hätte ich denn für dieses Gerät zu investieren?«

Ich erkenne das Zitat aus der legendären Anfangsszene von »Bang Boom Bang«. Herr Schuster auch. Und er fühlt sich zu Recht verarscht.

»Steht doch dran. 2.999 Euro.«

»Ich kann lesen. Aber da kann man doch bestimmt was machen!?«

»Nein, der ist schon im Angebot. Da lässt sich nix machen.«

Dennis fühlt sich in seiner Geschäftstüchtigkeit beleidigt. Er baut sich vor dem übergewichtigen Elektrofachverkäufer auf.

»Irgendwie habe ich mich bei Frau Schwarz besser beraten gefühlt.«

Der hat gesessen. Ich schmunzele, muss mir das Lachen verkneifen. Herrn Schuster entgeht natürlich nicht, dass Dennis und ich uns gerade köstlich amüsieren.

»Wenn Sie nichts kaufen wollen, muss ich Sie bitten zu gehen«, macht der Abteilungsleiter von seinem Hausrecht Gebrauch.

Wie aus dem Nichts dreht Dän total durch und macht Anstalten, auf sein Gegenüber loszugehen. Ich komme gerade noch dazwischen.

»Halt mich fest, André!«

Mache ich ja schon.

»Komm, lass ma' gut sein. Bei Media Markt gibb'et auch Fernseher.«

Ich dränge meinen Kollegen zurück in Richtung Ausgang.

»Hömma, den hätt' ich astrein wechgemacht!«

»Glaub' ich dir, iss'et doch abber nich' wert.«

Wir passieren das Regal mit den DVD-Hüllen, in dem Jessica immer noch kleinlaut und ungeschickt rumfummelt.

»Hömma, Jessica, dat hasse echt nich' verdient, wie der hier mit dir umspringt …«

Die Auszubildende Schwarz ist anscheinend gerührt. Ich dachte, solche Nummern funktionieren nur in Teenager-Filmen. Ich erinnere mich an die Neil-Young-Platte heute Morgen und an das Gefühl, das sie in mir auslöste: Ich bin ein hässliches Teenager-Mädchen. Wie die in den besagten Filmen. Und deshalb habe ich auch keine Ahnung, wie solche Flirts laufen. Auweia!

Während sich Dän gerade die Nummer von Jessi, wie er sie nennen darf, geben lässt, betritt Herr Schuster wieder die Szene.

»Ich hab' euch beid'n Vögeln doch gerade wat gesacht.«

Mitgehangen, mitgefangen.

»Siehs' du nich', dat ich mich gerade mit die Dame unterhalte, du linke Ratte?«

Es riecht nicht nur nach Ärger, die Luft brennt! Ich springe wieder vor meinen Schulkameraden und dränge ihn in Richtung Ausgang.

»Boa, halt mich fest!«, brüllt er.

Mache ich doch. Auf der anderen Seite wird der dicke Saturn-Bulle von zwei seiner Kollegen zurückgehalten.

»Ihr habt Hausverbot! Alle! Auf Lebenszeit! Ab sofort!«, sind die letzten Worte, die wir von Abteilungsleiter Schuster hören.

Dennis lacht lauthals, als wir über die Promenade zurück zu unserem Parkhaus laufen.

»Da macht die Flitzpiepe den Laut'n …«

Habe ich gesehen. Ich war schließlich dabei.

»Den hätt' ich astrein wechgemacht, den Spinner!«

»Ja, glaub' ich dir.«

»Und die Uschi hab' ich neb'mbei au' noch klargemacht!«

Dennis lacht wie ein Wahnsinniger und rennt ohne Vorwarnung fünfzig Meter vorneweg. Danach dreht er sich um und feuert mich klatschend an, schneller zu machen.

»Samma, muss dat sein?«, versuche ich ihn entnervt zu bremsen.

»Jetz' komm ma' aus'n Quark. Du bis' hier nich' am Bodensee. Wir sind doch nich' bei alte Leute. Ruhrpott!«

Action-Dän stresst mich spürbar. Wenigstens ist der Kater inzwischen einigermaßen überstanden.

Als wir endlich wieder auf einer Höhe sind, wirft er seinen rechten Arm um mich und nimmt mich in den Schwitzkasten. Danach versucht er, mir mit der linken Faust die Haare zu zerzausen.

»Mensch, bleib' mir aus'e Haare. Denks' du, jemand fasst Johnny Depp inne Haare?«

Dän akzeptiert den naheliegenden Vergleich sofort und lässt von mir ab. Gut, dass er das Filmzitat nicht kennt.

»Komm, wir zieh'n heut' Abend nomma umme Häuser. Dat'e ma' 'n paar Leute kenn'nlerns' und ma' richtich zuhause ankomms'. – Ruhr …!« Zwei erwartungsvolle Augen starren mich an. »Ruhr …!«, schallt es wieder über den künstlichen Kanal zu unserer Linken. Ich stehe weiterhin auf der Leitung.

»Ich sach ›Ruhr‹, du sachs' ›Pott‹!«

Ach so! Jetzt verstehe ich das Prinzip. Gut, dass ich studiert habe. Ob ich es allerdings gutfinden kann, weiß ich noch nicht. Seit wann feiert man denn das Ruhrgebiet dermaßen mit sprachlichen kollektiven Ritualen ab? Und warum? Wir sind hier schließlich in keiner hippen Stadt wie Hamburg, Berlin oder Köln. Hallo? Wir sind hier in Oberhausen!

»Ruhr …!«, schreit Dennis doppelt so laut wie vorher.

»Pott«, tue ich ihm den Gefallen. Jedoch deutlich leiser.

»Dat wird schonn! Noch zwei, drei Tage mit mir auf'e Piste und du bis' widder ganz der Alte«, ermutigt sich Dennis selbst.

Als wenn es wünschenswert wäre, wieder so zu sein wie vor zwölf Jahren. Als wenn es wünschenswert wäre, noch drei Tage mit diesem Wahnsinnigen zu verbringen. Als wenn es wünschenswert wäre, irgendwann wie ein dressierter Köter »Pott« zu brüllen, wenn ein Kollege mit einem gerufenen »Ruhr« das Kommando dazu gibt!

»Pass' ma' auf. Ich mach' dir jetzt mal einen Vorschlag«, sagt Dän und wechselt mitten im Satz in eine standardnahe Sprachvarietät. Das macht er anscheinend, um checkermäßig rüberzukommen.

»Ich habe noch im Café zu tun. Du kommst einfach mit und trinkst solange was. Du bist natürlich mein Gast.«

Das klingt für mich eher nach einer Dienstanweisung als nach einem Vorschlag in Sachen Freizeitgestaltung.

»Dann erledige ich zwei, drei Telefonate.«

Ach, so läuft der Hase.

»Und dann mach'n wa uns schick und dann wird tüchtich 'n Hänger vonn'e Wiese gezog'n. Verstehs'e, wat ich mein'?«, redet sich Dän in Rage. Die Lautstärke seiner Äußerung steigt mit jeder Silbe.

Ich verstehe, habe aber trotzdem einen Einwand.

»Ja, ich glaub', ich klink' mich abber gleich aus. Ich bin noch von gestern ziemlich Matsche. Ich brauch' ers' ma' 'ne Mütze Schlaf.«

»Quatsch! Schlaf'n is' der Feind!«

Irgendwie bin ich zu schwach, mich zu wehren. Er hält mir die Hand hin, und ich schlage ein. Aus der Nummer komme ich jetzt nicht mehr raus.

»Na gut …«, resigniere ich.

Wir sammeln den knallbunten Golf GTI in Parkhaus 3 ein und verlassen das mondäne Oberhausener CentrO mit quietschenden Reifen. Vollgas bis zur nächsten Fußgängerampel. Das kann auch nur im Ruhrgebiet passieren: Man baut ein großkotziges Einkaufszentrum direkt an der Autobahn und schleust dann die Besucher erst mal schön durch den Stadtverkehr. Direkte Autobahnanbindung wäre das Stichwort gewesen. Wenigstens dauert die Rückfahrt nur einen Bruchteil der Anreisezeit. An einem Freitag nach 17:00 Uhr kann man hier auch Glück mit dem Verkehr haben. Da sind die ganzen Handwerker schließlich schon wieder »auf'e Mutti«.

Am Ziel angekommen, parkt der Geschäftsführer der angesagtesten Kneipe meiner Heimatstadt seinen Rennschlitten statusgerecht direkt vor der Eingangstür des Etablissements. In Fahrtrichtung der Einbahnstraße, aber auf der falschen Straßenseite. So, dass er beim Aussteigen direkt in der Außengastronomie steht. An den Bierbänken auf dem Gehweg herrscht reger Betrieb. Für hiesige Verhältnisse. An allen vier Tischen drei bis vier Personen, die sich wohl untereinander nicht kennen. Aber Dän kennen sie alle.

Als ich hinter dem Chef die Szenerie betrete, erklingt sein Name in allen Ecken. Hier und da ungläubige Blicke in meine Richtung. Als wäre ich ein außerirdischer Eindringling. Ich trotte hinter Dennis her, so, wie Sal Paradise immer Dean Moriarty in »On the Road« hinterhergetrottet ist. Irgendwie unwürdig.

»Hömma, Leute! Dat hier is' der André. Dat is' 'n alt'n Kollege von mir. Der hat mehr drauf wie ihr alle zusamm'n!«, stellt mich Dän offiziell der Kleinstadt-Szene vor.

Glückwunsch. Verachtung blitzt in den vorher so ungläubigen Blicken auf. Leute, die mehr drauf haben als man selbst, sind bei uns zuhause erst mal arrogante Arschlöcher. Um diesen Ruf loszuwerden, muss man hart arbeiten. Das ist so, als müsste man sich in der Schule von einer schlechten auf eine gute Note hocharbeiten.

Unter diesen Umständen verspüre ich zunächst keine große Lust, mich an einen der Tische mit mir unbekannten Gesichtern zu setzen. Also dem Chef, der direkt nach seiner Marktplatzrede in die Lokalität eintritt, hinterher. Ohne Umweg stürmt er hinter die Theke und zeigt mir dabei einen Barhocker, auf den ich mich wohl setzen soll. Mir widerstrebt diese Bevormundung, und ich bleibe erst mal stehen.

»Und? Wie laufen die Geschäfte?«, fragt er einen jungen Emo-Typen, der hinter dem Zapfhahn stark schwitzend und deutlich übergewichtig seiner Arbeit nachgeht.

»Et läuft!«, kommt die lebensbejahende Antwort wie aus der Pistole geschossen.

»Komm, jetz' setz' dich da hin«, insistiert Dennis.

So schnell gebe ich mich aber nicht geschlagen. Ich leiste der Bevormundung heldenhaft Widerstand, indem ich mich auf den Hocker rechts neben dem empfohlenen Sitzmöbel niederlasse.

»Wenn'e meins' … Der is' abber eig'ntlich schonn besetzt.«

»Ich seh' hier weit und breit keine Menschenseele!«

Mein alter Schulkamerad wirft mir einen Blick zu, den man sonst nur bei ungehorsamen Kindern braucht. Dann widmet er sich seiner Arbeit. Mit einer Liste auf einem Klemmbrett macht er sich auf den Weg. Wohl in den Getränkekeller.

Der Emo-Bursche starrt mich genervt an, bis ich den Blickkontakt nicht mehr länger vermeiden kann.

»Wills'e eig'ntlich wat trink'n?«, fragt er offenkundig nur, weil ich ein Kollege von Dän bin.

»Ja komm, gib' mich ma' 'n Gedeck«, tue ich, als ob ich freundlich gefragt worden wäre.

Die nächsten zwei Stunden sitze ich doof rum, trinke meine Gedecke und rauche eine Zigarette nach der anderen. So langsam »komm ich bei«. Dän ist die ganze Zeit mit irgendwas beschäftigt, wirft mir hier und da einen blöden Spruch zu. Ab und zu telefoniert er. An der gezielten Sprachwahl glaube ich ablesen zu können, dass er teils berufliche, teils private Gespräche führt. Hier trennt also noch jemand Berufliches und Privates strikt.

Als ich gerade soweit bin, berauscht die Seele ein wenig baumeln zu lassen, betritt ein Mann Mitte dreißig das Café. Südländischer Typ. Dürfte gut einen Kopf größer sein als ich. Und trotzdem zehn Kilo leichter. Er ist ganz in Schwarz gekleidet: edle Lackschuhe, knallenge Jeans und ein glitzerndes Hemd unter einem auf Figur geschnittenen Jackett. Er sieht aus wie die nordrhein-westfälische Antwort auf Costa Cordalis und hat seine Sonnenbrille boxenludermäßig als Haarreif in der schwarzen Lockenpracht stecken. Statisch visiert er mich von hinten an. Ich versuche, das zu ignorieren, bemerke aber, dass er nonverbal Unterstützung bei dem Emo-Idioten hinter der Theke sucht. Costa wird wohl hinter meinem Rücken eine fragende Gesichtsfratze schneiden und dabei in meine Richtung gestikulieren. Scheinbar als Antwort darauf zieht die jugendliche Bierschubse resigniert die Schultern hoch.

»Wat will ER denn?«, wird der Interpret von »Anita« schließlich explizit, nachdem ich mich auch nach einem festen Klopfen auf die Schulter weigere, den Stammplatz des griechischen Schlagersängers zu räumen.

»Lass den ma', der is' mit mir hier«, entschärft Dän, als er zurückkehrt, den sich anbahnenden Streit und umarmt Anita-mäßig den Schlagerfuzzie von nebenan.

»Dat is' auch sein Glück«, stellt der Aushilfsgrieche unmissverständlich klar, als er sich verliebt dreinguckend in Däns Umarmung verliert.

»Der is' schonn in Ordnung. War länger wech un' muss ers' ma' widder richtich ankomm'n«, erklärt Dennis in einem angebracht ruhigen Tonfall. Er verhält sich in dieser spürbar homoerotisch aufgeladenen Situation mehr als geschickt: Er erwidert die ihm entgegengebrachte Sympathie nicht allzu überschwänglich, wirkt dabei aber auch in keiner Weise abweisend. So hält er den Kollegen auf jeden Fall bei Laune, und niemand verliert sein Gesicht.

»Den krieg'n wa' schonn katholisch heut' Abend. Darf ich vorstell'n: André, der hat mehr drauf wie …«

»Ja komm, is' gut.«

Ich stehe auf und reiche dem Streithammel versöhnlich die Hand.

»Hi, ich bin Johnny«, sagt mein Gegenüber und schließt mich in seine Arme. Pack schlägt sich, Pack verträgt sich.

Ich ahne zu diesem Zeitpunkt noch nicht, dass die Gruppe der männlichen Gefährten für diesen Abend schon versammelt ist. Der große Strippenzieher Dän arbeitet gerne verdeckt und hält kleinere Überraschungen bereit.

»Johnny mixt ab und zu Cocktails im Lokschuppen. Der bringt uns heute Abend direkt an die Quelle«, rechtfertigt sich Dän angesichts des vermasselten Einstiegs.

Einen Whiskey-Mixer dabei zu haben, scheint mir in der Tat sinnvoll. Aber was wir auf einer Bahnanlage sollen, leuchtet mir nicht sofort ein.

»So. Jetzt wart'n wa nur noch auf Melli, und wenn die da is', dann reit'n wir los!«, umreißt der Chef klar den Plan.

»Wer is' Melli?«, frage ich aus reiner Höflichkeit. Es könnte mir eigentlich nix egaler sein, aber irgendwie will ich seine professionelle Organisationsarbeit auch würdigen. Mich interessiert mehr, was Johnny Cordalis, der inzwischen auf dem Barhocker neben mir sitzt, mit seinen Händen veranstaltet. Auf Andere-Männer-am-Knie-Packen stehe ich eigentlich nicht so wirklich.

»Melli kenns'e vielleicht noch aus'e Realschule. Die war 'n paar Jahrgänge unter uns. Die kennt dich auf jed'n Fall. Und würde mit dir Händchen halt'n, damit wa au' alle reinkomm'n. Auf Männergrupp'm steh'n die Türsteher vor der Lok nich' wirklich«, sprudelt es checkermäßig aus meinem alten Schulkollegen heraus.

Glückwunsch! Ein Händchenhalt-Alibi. Damit uns keiner für eine Truppe schwuler Kegelbrüder hält. Ich freue mich jetzt schon auf den Ausflug. Genau das ist der Grund, warum ich seit Jahren die kommerzialisierte Wochenendunterhaltung meide. In einer Welt, in der ein Anabolika-verseuchter Bodybuilder aus bildungsferner Schicht über den Verlauf und Erfolg meines Freitagabends bestimmt, läuft etwas gehörig falsch.

»Aha. Un' mit wem häls' du Händch'n?«, heuchele ich Neugierde.

»Na, rate!«

»Nee, ne?«

»Doch!«

»Wir treff'n Fräulein Schwarz direkt im Lad'n«, triumphiert der Kleinstadt-Casanova im sommerlichen Sportoutfit.

»Respekt!«, muss ich neidlos anerkennen.

»So, und jetz' ers' ma' schön einpegeln! Mach' uns ma' schön drei Wodka-RedBull feddich«, hält Dän die Emo-Jugend auf der anderen Seite der Theke am Arbeiten. Bei einer Bestellung vom Chef lässt der auch nicht lange auf die Getränke warten.

Ich stehe schon gut unter Strom. Zwei Stunden Gedecke haben ihre Spuren hinterlassen. Meine Mitstreiter zeigen sich unbeeindruckt und exen die Kaugummi-Alkohol-Mischung in einem Zug. Wo ich herkomme, gibt man sich beim Trinken keine Blöße. Ich tue alles, um mitzuhalten. Mit Schwung die rosa Suppe in den Mund- und Rachenraum. Zwei intensive Würgattacken gekonnt unterdrückt, und schwupps runter mit der Scheiße. Mir schießen vor Ekel die Tränen in die Augen.

»Mensch, André. Wat is' los bei dir? Jetz' reiß' dich ma' zusamm'n. Wir ham noch einiget vor«, drängt mich Johnny verbal in die Ecke.

»Et is' nich' der Wodka, sondern diese widerliche Süßplörre«, verteidige ich mich lautstark.

»Da gewöhns'e dich schonn no' dran! Wird eh Zeit, dat'e hier mit deine Retro-Kacke aufhörs'«, wettert Dennis übertrieben engagiert und zeigt dabei auf mein leeres Bierglas, mein leeres Pinnchen und meine Schachtel Zigaretten.

»Wat früher gut war, dat kann heute doch gar nich' schlecht sein!«

Habe ich das wirklich gesagt? Und dafür haben mich meine Eltern studieren geschickt? Ich schäme mich.

Die anderen haken nach.

»Na ja, ich weiß nich'. Klappt, glaube ich, wat die Nazis angeht, nich' so gut, der Spruch«, entgegnet Dennis erstaunlicherweise politisch und eloquent.

»Ja, aber beim Herrengedeck eig'ntlich au' schonn nich'«, streut Johnny weiter Salz in die Wunde.

Bevor ich mich verteidigen kann, betritt hinter meinem Rücken eine junge Frau, Mitte bis Ende zwanzig, die Lokalität. Die überschwänglichen Begrüßungsgesten der beiden Gefährten zu meiner Rechten und Linken lassen darauf schließen, dass es sich um Melli, meine Zweckfreundin in Sachen Diskothekenbesuch, handelt.

»Hey, Daddy-O!«, ertönt es schrill durch den Thekenbereich des Cafés.

Noch während der fast schon hysterisch wirkenden Artikulation der vier kurzen Silben schmeißt sie sich Dän an den Hals. Sie umarmt ihn mit beiden Armen über seinen Schultern, so dass man das Ganze auch als Würge-Attacke missinterpretieren könnte.

Mit der Ollen stimmt was nicht. Alles an ihr wirkt falsch. Ihre Stöckelschuhe lassen sie so groß wie Dennis erscheinen. Hat die tatsächlich einen Regenschirm auf den Knöchel tätowiert? Sie trägt ein pinkfarbiges Minikleid aus Plüsch. Um den Hals eine fette Perlenkette aus billigem Plastik. Ihre wie in Stein gemeißelte Sechzigerjahre-Toupierfrisur erstrahlt wasserstoffblond. Die offenkundig selbstaufgetragene Haarfarbe wächst allerdings am Ansatz heraus, so dass man ihre straßenköterblonde Naturhaarfarbe erkennen kann. Ihre Locken sind unnatürlich regelmäßig, ihr Gesicht fett mit Make-up vollgekleistert. Die Lippen knallrot geschminkt. Viel Mascara. Wenig Ausdruck.

»Hey! Johnny B.«, kommt die zweite, genauso aufgesetzte Begrüßung daher.

Daddy-O? Johnny B.? Was glaubt die, wo wir hier sind? In einer Jazz-Bar Ende der 1950er-Jahre? Und woher kennt dieses Küken überhaupt diese Wendungen? Ich bin schockiert und will nach Hause. Oder wenigstens zurück zu Steiger auf die Couch.

»Und dat is' mein Date?«, fragt sie Daddy-O, der sich aber sofort um Schadensbegrenzung bemüht.

»Wie besproch'n. Ich glaub', du brauchs' dir keine Hoffnung'n mach'n. Der is' schonn an einer meiner Bedienung'n am Rumbaggern!«

»Und wieso gehs'e dann nich' mit der Schlampe?«, faucht mir die Psychopatin anklagend ins Gesicht.

Ihre bebenden Schläfen deuten auf einen stark erhöhten Blutdruck.

Ich fühle mich einer Erklärung schuldig. Aber Moment: Wieso noch mal?

»Ich weiß gar nich', von wem die Rede is'«, gebe ich ehrlich zu.

»Versuch bloß nich', mich zu verarsch'n!«, erschallt ihre beängstigende Drohung.

Auf die Idee wäre ich im Leben nicht gekommen! Keine zwei Minuten mit einer Frau, mit der ich eine Scheinbeziehung eingehen soll, damit mir Einlass in eine hippe Ballermann-Diskothek gewährt wird, und schon fliegen die Fetzen. Ihre wahnsinnigen Augen starren mich an und lassen keine Beschwichtigung zu.

»Wer wird denn da gleich streiten? Der Abend fängt doch gerade erst an.«

Dennis ist offensichtlich die unangefochtene Autorität in dieser Runde. Würde mich nicht wundern, wenn das auch für die gesamte Stadt gilt. Die Psychofurie regt sich jedenfalls ab.

»Daddy-O hat recht. Lass uns ma' dat Beste mach'n aus den angebrochen'n Abend.«

Die Gemeinschaft des Rings macht sich auf, und in null Komma nix versammeln wir uns um das pompöse Renngeschoss vor der Tür des angesagten Szenetreffs meiner neuen, alten Heimat. Zur feierlichen Eröffnung des Abends brüllt der Besitzer beider Schätze: »Ruhr …!« in die Dämmerung.

»Pott!«, ertönt die Antwort aus drei Kehlen.

Mein Beitrag fällt zu leise aus und hinkt dem der anderen deutlich hinterher.

Erfrischung gefällig?

In fast schon amerikanischer Dekadenz lässt Dän seinen fett getunten GTI-Motor aufheulen, nur um achthundert Meter später direkt wieder abzubremsen. Er parkt das Auto direkt in der Fußgängerzone, kurz vor einem Laden, der irgendwas mit Lounge heißt.

Die »City« besteht im Wesentlichen aus einer Straße, die quer durch die Stadtmitte vom Rathaus zum Busbahnhof reicht. Ungefähr auf halbem Wege führt eine Querstraße Richtung Süden zum Marktplatz, auf dem man jedes Jahr eine Fete feiert, bei der alte Damen unter anderem beim Apfelschälen um den Titel der Appeltaten-Königin kämpfen. Nach 22:00 Uhr starten dort Halbstarke in einem etwas moderneren Ritual ohne Bezug zur hiesigen Backtradition einen Wettbewerb im Sich-auf-die-Rübe-Kloppen. In unmittelbarer Nähe zu diesem hellen Zentrum des Konsumglücks und der gepflegten Freitagabend-Langeweile gibt es mehrere kleinere Nebenstraßen, die alles auffangen, was es nicht auf die bebende Shoppingmeile geschafft hat. Irgendwo da befinde ich mich jetzt mit meiner illustren Gesellschaft.

Die Stimmung bei den anderen ist gut. Warum, weiß ich nicht.

Ich muss gaaanz dringend pissen und verrichte meine Notdurft gegenüber der Lounge. Als es im Dunkeln warm gegen Glas pullert, erkenne ich ein Schaufenster, darin die kläglichen Überreste einer Geschäftseinrichtung. Eine Stehlampe und ein zerbrochener Spiegel reflektieren direkt hinter meinem Urinstrahl die Neonreklame der Bar.

Die staubige Ladenfläche ist vereinzelt mit Sperrmüllkartons gespickt.

»Ja, ja. Der Alte hat sich einfach erhängt«, erläutert Johnny die Tristesse. Er hat inzwischen auch sein Glied ausgepackt und rückt mir beim Urinieren unangenehm nah.

»Erst macht dat Geschäft pleite, und dann haut au' noch die Olle ab …«

»Ey, wo bleibs'e denn?«, ruft meine Begleitung.

Apropos Olle. Melli nimmt ihren Job als Aushilfsgattin für meinen Geschmack viel zu ernst. Wie einen Köter pfeift sie mich ins Etablissement.

»Komm' ma' nach hierhin! Daddy-O hat schon die Getränke bestellt.«

Widerwillig, aber doch zu charakterlos, um zu widersprechen, mache ich mich kleinlaut auf den Weg. Johnny folgt auf dem Fuße.

»Dat war übrigens der Onkel von Dän. Also keine dummen Sprüche!«, warnt er mich in weiser Voraussicht. In dieser Stadt ist jeder mit jedem irgendwie verwandt oder bekannt. Kritisch hohes Fettnäpfchen-Potential. Ich bin dankbar für den Hinweis und nicke dem Ratgeber in schweren Stunden dankend zu.

Die Lounge ist wie ein Puff illuminiert. Alles schön in gedämpftem Rot. Die Möbel alle bordeauxrot gepolstert. Die Theke erstreckt sich auf der rechten Seite vom Eingang bis zu den Toiletten. Auf der linken Seite thronen asiatisch anmutende Sitzecken, in denen man offensichtlich vor viel zu tiefen Tischen auf Kissen auf dem Fußboden sitzen soll. An den Wänden schwarz-rote Fantasiezeichnungen, wie man sie von den Kleidern, die man in Chinatown San Francisco an jeder Ecke kaufen kann, kennt.

»Wir sind hier!«, flötet meine Psycho-Begleiterin uns entgegen und leckt sich die Lippen wie ein Vampir. Sie schlürft bereits ihren Erdbeer-Daikiri und besteht darauf, dass ich neben ihr in einer der unpraktischen Sitz-Nuckelpinnen auf der linken Seite Platz nehme. Tief im Inneren fühle ich einen Drang zur Theke, hinter der ein Typ, Anfang zwanzig mit Baseball-Cap, an den Zapfhähnen spielt.

»Warum geh'n wa denn nich' anne Theke?«, nörgele ich, deutlich unbeherrscht.

»Jetz' mach dich ma' locker und setz dich!«, kommandiert Dän, übernimmt damit wieder das Ruder und weist auf den für mich bestimmten Platz neben Melli.

Widerwillig: Das wird wohl das Motto des Abends. Ich knote mich umständlich in den Schneidersitz und schmolle. Die junge Frau neben mir packt mir ans Knie. Johnny setzt sich direkt neben mich. Ich fühle mich unbehaglich, will den White Russian, der vor mir auf dem Tisch steht, nicht trinken. Ich will eigentlich nur nach Hause.

»Jetz' guck' nich' so bedröppelt!«, entfährt es Dän ungeduldig, als er sich von seinem Platz erhebt. »Ich will mit euch anstoßen.«

Als wären wir eine Gruppe von Geschäftspartnern, setzt er zu einer langen Tischrede an, in der er im Wesentlichen sagt, dass er sich freut, uns alle an diesem Abend um sich herum versammelt zu wissen, und dass der Abend »hammer« wird. Irgendwie redet er wohl auch über mich. Ich höre aber nur mit einem Ohr hin und kriege neben »Der hat mehr drauf wie wir alle zusamm'n« und »Dat is'n feinen Kerl« nicht viel mit. Meine Aufmerksamkeit schweift ab. Zur Theke, zu den Zapfhähnen, zu dem Baseball-Cap mit dem Bier.

»Und damit ein dreifaches Ruhr ...!« holt mich zurück in die Gegenwart.

»Pott!«, brüllen Johnny und Melli im Chor. Wir sind also ritualmäßig im Taubenzüchterverein angekommen.

»Ruhr ...!«

»Pott!«

»Ruhr ...!«

»Pott!«

Beim dritten Mal brumme ich den Einsilber mit. Wie? Widerwillig!

Das »Vorglühen« verläuft ansonsten ruhig. Meine Kollegen schlürfen Cocktails und tauschen Kleinstadttratsch aus. Ab und zu widmet mir Dennis ein Beiseite, in dem er mir erklärt, dass ich die besprochene Person von irgendwoher kennen müsse. Mir könnte nichts egaler sein. Ich bin genug damit beschäftigt, die Eule neben mir auf Distanz zu halten.

Zwischendurch träume ich davon, wie es wäre, nicht nur irgendwo zu sein, wo es aussieht wie in Chinatown San Francisco, sondern tatsächlich vor Ort. In Gedanken verabrede ich mich mit Freunden an der Golden Gate und schlendere durch Haight-Ashbury, diese verdammten Hippie-Touristen verfluchend. Ich werde melancholisch. Und als in der Lounge dann auch noch »California Dreamin'« in der Version der Beach Boys ertönt, ziehe ich mich zurück in die sanitären Anlagen.

Mich alleine wähnend, stoße ich die Tür der ersten Kabine auf der linken Seite des Herren-WCs auf. Ich erwische den Lounge-Betreiber dabei, wie er Amphetamin von der Klospülung schnieft. Der Kollege schaut zunächst etwas verdutzt. Hat dann aber weiter keine Probleme mit meiner Gegenwart und bietet mir ganz im Gegenteil mit der einladenden Geste eines zusammengerollten Fünfzig-Euro-Scheins ein Näschen an.

»Erfrischung gefällig?«

»Nee, lass ma'!«, ist meine spontane Antwort. Aber in dem Moment, in dem ich ablehne, kommen alle meine Begleiter nach und nach ins stille Örtchen und versammeln sich vor der Kabine. Reihum erfrischen sie sich. Bis auf Dennis, der anscheinend nur gekommen ist, um zu überprüfen, ob seine Bestellung »drei Kaffee mit Schuss« auch richtig bedient wird. Er gibt mir einen leichten Klaps auf die Schulter. »Komm, Herr Doktor. Mach dich 'n bisschen lockerer …«

Ich weiß nicht, warum, aber kurz darauf beuge ich meinen Oberkörper über eine notdürftig gereinigte Kloschüssel, halte meine Nase über eine versiffte Klospülung und sauge – schnell, dass mich ja keiner sieht – das weiße Pulver durch die Nase weg.

Wir wollen zahlen. Sehr gute Idee! Ich stürme voran. Direkt bis vor die Tür. Dann doch noch mal zurück an unseren Sitztisch. Dann an die Theke. Die Kollegen schleichen kleckerweise aus dem stillen Örtchen. Ich stürme doch wieder zurück zu unserem Tisch. Da stehen immerhin noch unsere Getränke. Gut, dass ich einen kühlen Kopf bewahre! Die Gedeck-Schlacht der frühen Abendstunden ist vergessen. Ich stürze den White Russian, der schmerzlich lange unberührt vor mir auf dem Tisch stand, in einem Zug herunter.

»Okay. Wir wollen zahlen!«, ergreife ich in meinem unaufhaltsamen Elan die Initiative.

»Ganz ruhig, ist bereits erledigt«, versucht mich Johnny, der gerade seine Klamotten auf dem Tisch zusammensucht, zu beruhigen.

»Dat wüsst' ich abber! Ich hab' garantiert no' nich' gezahlt!«

Ich fische umständlich mein Portemonnaie aus der Gesäßtasche. Interessant, was da alles zu finden ist. Ich gucke mir mein Führerscheinfoto aus dem Jahre 1996 gaaanz genau an. Dann stoße ich auf meine Kreditkarte.

»Kann ich hier auch mit Karte zahlen?«, versuche ich managermäßig abzuchecken.

»Lass ma' gut sein«, ertönt es unter dem Baseball-Cap direkt gegenüber.

»Ja, komm hier, ich hab' auch bar …«, wedele ich mit einem Fünfzig-Euro-Schein vor der Nase des Wirtes umher.

»Siehs'e! Hab' ich doch gesacht, dat dich dat lockerer macht. So viel hass'e ja den ganzen Abend noch nich' gequasselt.«

Dennis legt seinen Arm brüderlich um meine Schultern.

»Ich hab' mich schon um alles gekümmert. Wir zieh'n weiter.«

Weiterziehen! Ein grandioser Plan!! Und ich Depp dachte, zahlen sei eine gute Idee!!!

Zielstrebig bewege ich mich Richtung Tür. Und geschmeidig. Ich fühle mich wie Tony Manero in »Saturday Night Fever« und federe jeden einzelnen meiner schwungvollen Schritte tänzelnd ab.

Ich bin gut drauf.

Die Nacht gehört mir.

Wo sind die Weiber und die laute Musik?

»Mensch Andi … Machs'e uns getz den Jupp Trawollek vonne Emscher, odder wat?«

Ach, ja richtig. Ich habe ja noch die Psychopatin im Schlepptau. Aber die bringt mich heute nicht runter.

»Ich bin gut drauf! Die Nacht gehört mir!«, rufe ich aus voller Überzeugung, als wir durch das kurze Stück Fußgängerzone schlendern.

»Nee! Uns!«, mischt sich Melli ein. »Die Nacht gehört uns!«

»Johnny sitzt vorne neb'n mir. Dann habt ihr beid'n da hint'n 'n bissken Zeit für euch«, dirigiert Dän seine Mitfahrer, als wir endlich am Auto angekommen sind.

Gesagt, getan. Mir ist alles recht, solange es nur endlich losgeht. Mit dem Motor startet auch die CD in Däns Autoradio. Eindeutig noch die Scheibe von heute Mittag.

Langes Gitarren-Intro.

»Wer hätte dat gedacht, dat ich tatsächlich nomma mit dir auf'm Rücksitz kuschelnd zu 'nem Date fahr'. Als wa dammals heimlich bei deine Eltern im Garten gekauert hab'm und dich durchs Wohnzimmerfenster beim Fernseh'n guck'n beobachtet haben, war dat so unwahrscheinlich wie 'ne Reise na'm Mond?«

»What the fuck is going on around here?«, dröhnt es aus den überdurchschnittlich leistungsstarken Lautsprechern.

»You can't bring me down!!!«, schreie ich, so laut ich kann, stampfe mit den Füßen auf den Boden und schüttele meinen Kopf, so wild es geht.

»Ey kumma, wat der abgeht«, muss meine Begleiterin neidlos anerkennen.

Ja, ich gebe alles. Bin dafür aber auch nach knapp dreißig Sekunden total außer Atem.

»Du solltes' mehr Sport mach'n«, fängt Melli an, mich zu belehren. »Ich geh' ja mindestens dreima' die Woche na'm Manni. Daddy-O geht da au' hin.«

»Mit dem Sportmach'n könnt' se recht ham. Am CentrO heut' Nammittach hass'e auch kein'n fitt'n Eindruck gemacht. Vielleicht komms'e einfach ma' mit, wenn wa dat näckste Ma' inne Mucki-Bude geh'n«, unterbricht unser Fahrer kurz das offenkundig belanglose Gespräch mit seinem Beifahrer über den schädlichen Einfluss von Aufputschmitteln auf die Zähne.

Alle Stimmen klingen wie aus weiter Ferne. So, wie die Durchsagen am Bahnhof. Alles schallt und hallt.

Aber wie steht es eigentlich mit meinen Haaren? Liegen die überhaupt noch? Ich beuge mich zwischen Fahrer- und Beifahrersitz vor und inspiziere im Rückspiegel meine Frisur.

»Ja komm. Lass ‘ma gut sein«, wiegele ich ab. »Wo fahr’n wa eig’ntlich hin?«, frage ich, inzwischen wirklich am Verlauf des Abends interessiert.

»Lokschupp’m«, sprudelt es aus Johnny heraus, der akribisch versucht, mit seiner Zunge seine Zähne zu reinigen.

»Hä?«

»In Bottrop ham se in so’n alt’n Lokschuppen ‘ne Disse aufgemacht. Geile Kulisse un’ allet«, bringt Dän Licht ins Dunkel.

Ich erinnere mich vage. Hebt meine Erwartungen aber nicht merklich.

»Ihr fahrt nach Bottrop, um wat zu erleb’m? Hömma, hier läuft doch ganz grundsätzlich wat falsch«, bringe ich meine Zweifel endlich auf den Punkt.

»Lass dich übberrasch’n. Mit dem Nachtleb’m am Bod’nsee könn’n wa hier auf jed’n Fall mithalt’n!«, erwidert Dän.

Meine Bodensee-Vergangenheit hat meinen alten Schulkameraden wohl schwer beeindruckt. Aber bevor ich meine Beziehung zur badischen Grenzregion richtigstellen kann, lenkt mich die vernachlässigte Melli gekonnt ab, indem sie wieder mit ihrer Hand an meinem Knie rummacht. Irgendwie steht die wohl auf Gelenke.

»Jetz’ is’ abber ma’ gut!«, versuche ich sie bestimmt in die Schranken zu weisen.

»Wie redes’ du eig’ntlich mit mir?«

Der Wahnsinn blitzt kurz in ihren Augen auf.

»Da sind wir!«, rettet Dän mit der Aussicht auf einen Tapetenwechsel die deutlich angespannte Situation. Im Schritttempo manövriert er seine im Dunkeln leuchtende Asi-Schleuder direkt vor den Eingang des Klubs.

»Wir kommen nicht, wir erscheinen!«, stellt Johnny wie in einem Hollywood-Schinken klar und zieht beim Aussteigen seine Sonnenbrille auf.

»Ouh ja!«, flüstert Dän, als er sich auf der Fahrerseite ebenso stilecht aus seinem Fahrzeug schält. Das alles riecht nach Slow Motion. In meiner aufgepeitschten Phantasie sehe ich uns im Bonusmaterial einer Quentin-Tarantino-DVD-Compilation.

Die Coolness eines Vincent Vega anpeilend, stolpere ich aus dem Auto und lande mit dem linken Fuß in einer matschigen Pfütze, die mir doch glatt die Hose versaut. Was für ein vielversprechender Einstieg in den Lokschuppen. Noch bevor ich mich um das verschmierte Kleidungsstück kümmern kann, hängt sich Melli an meine Hand.

»Jetzt sind wir endlich ein Paar!«, säuselt sie mir wie ein verliebter Teenager ins Ohr.

»Ja, endlich …«, kontere ich ironisch.

Der Eingang des grell beleuchteten Lokschuppens wird – wie nicht anders erwartet – von zwei anabolikaverseuchten Berufsdeppen bewacht. Beide ungefähr zwei Meter groß, ungefähr genauso breit und natürlich unnatürlich tief gebräunt. So wie Gilla, die Hundefriseuse aus meiner neuen Nachbarschaft. Lustige Assoziation, wo die beiden Torwächter doch polierte Glatzen auf dem Hals mit sich rumschleppen. Ich muss lachen. Und zwar so richtig. Die Tränen schießen mir in die Augen.

»Ich werd' nich' mehr. Strähne und Locke aus'e Klapse ham heute Wandertach«, amüsiere ich mich lautstark.

Schlechtes Timing, die beiden beäugen uns bereits kritisch. Es geht schließlich um den Einlass in ein nutzloses Industriegebäude. Und die Tatsache, dass sich um diese Uhrzeit keine Schlange vor der Tür bildet, deutet unmissverständlich an, dass dieser Schuppen sich seine exquisite Kundschaft aussuchen kann.

»Wat seid ihr denn für Vögel?«, bricht Strähne das Eis und baut sich mittig vor Dän und Johnny auf. »Habt ihr 'ne Bindehautentzündung odder is' euch die Hitze zu Kopf gestieg'n?«

»Wir sind harmlos«, beruhigt Dän bemüht. Ein bisschen so, wie man mit Kindern oder Ausländern spricht. Er nimmt seine Sonnenbrille ab.

»Johnny hier«, er zeigt auf den Begleiter zu seiner Rechten, der jetzt auch seine Sonnenbrille abnimmt, »hat uns erzählt, dass man bei euch 'ne gute Zeit haben kann. Das würden wir gerne mal austesten.«

»Johnny? Austesten? Samma, glaubs' du etwa, du bis' Rach der Restaurang-Tester?«

Ich arbeite immer noch angestrengt daran, mein Lachen zu unterdrücken. Fürchterlich. Genauso schlimm, wie wenn einem das während der Wandlung in der Kirche passiert.

»Und wat is' Ihmchen für'n Komiker?«, bringt sich nun auch Locke in die angeregte Unterhaltung ein.

»Lass den mal. Der hat mehr drauf wie ihr beiden ...«, setzt mein alter Schulkollege hochtrabend an, wird aber – Gott sei Dank – von einem jungen Mann, der vom Aussehen her auch glatt sein Bruder sein könnte, unterbrochen.

»Mensch Denni! Dat du dich hier auch nomma blicken lässt«, der Lokführer winkt seine Torwächter beiseite.

»Hereinspaziert, hereinspaziert ...«

Wir kommen der Einladung nach und sammeln der Reihe nach beim Chef höchstpersönlich unsere Verzehr-Stempelkarten ein. Dän gerät sofort in die Fittiche des befreundeten Junggastronomen und verschwindet mit ihm irgendwo hinter den Kulissen.

»Ich sach' ma' den Kollegen hallo«, erklärt sich Whiskey-Mixer-Johnny, zwinkert mir zu und macht sich an der Garderobe vorbei auf in den Tanzsaal.

Da stehe ich nun mit meinem geisteskranken Händchenhalt-Alibi. Wie es aussieht, wäre ich auch ohne ihre Unterstützung hier reingekommen. Und jetzt habe ich sie am Arsch. Sie macht nicht die geringsten Anstalten, meine Hand jemals wieder loszulassen. Ganz im Gegenteil. Voller Panik, ich könnte sie alleine zurücklassen, presst sie sich manisch an meinen Arm, so dass es mir schlicht die Blutzufuhr abklemmt.

»Hömma, Härzken!«, bemühe ich mich, ihr behutsam beizubringen, dass bei mir heute Abend keine Kniekehlenmassage drin ist. »Mach' dir ma' keine falsch'n Hoffnung'n. Ab jetz' kämpft jeder für sich.«

»Ich fand' dich schonn immer witzich. Ich hol' uns erst ma' wat zu trink'n, und dann könn'n wir in Ruhe quatschen. Wir ham schließlich 'ne Menge Zeit aufzuholen …«, sagt sie und schickt sich an, tatsächlich Getränke für uns zu holen.

Geordneter Rückzug. Schnell hinter Johnny her und rein in den Tanztempel.

Die Tanzfläche wird von einer langen, hell erleuchteten, rechteckigen Leuchtfläche geteilt. Verstehe, das war hier wohl sowas wie eine Lokwerkstatt, in der man die Lok auf diesen Graben abgestellt hat, um dann von unten Onkel Doktor zu spielen. Und jetzt sind die Gräben mit einer Glasscheibe abgedeckt und werden von unten beleuchtet. Die Wände sorgen mit ihren naturbelassenen, unverputzten Backsteinen für eine grottige Atmosphäre. Das Glasdach wird durch eine Metallkonstruktion gestützt und erstrahlt in industriellem Neonlicht. Malerisch! Wann werden wir wohl am Freitagabend in ausrangierte KFZ-Werkstätten fahren?

Links neben der Eingangstür und hinten rechts gibt es jeweils eine Theke. Bei der hier vorne ist die Auswahl wohl auf Softdrinks, Bier und Schnäpse beschränkt. Die da hinten scheint sich auf Cocktails spezialisiert zu haben. In der Mitte des Raumes hampeln knapp zwanzig Jugendliche zu einem Techno-Remix von »Eye Of The Tiger«. Das ist ja so cool retro. Und trotzdem voll modern …

Ein junges Mädchen mit hochhackigen Stiefeln, Leder-Minirock und einer tief ausgeschnittenen Glitzerbluse tanzt in meine Richtung und winkt mir zu. In der linken Hand eine Zigarette, in der rechten Hand ein tropisch geschmückter Cocktail. Letzterer bringt mich wieder auf Kurs. Ich bin ja auf der Flucht vor der Psycho-Ollen. Und Johnny ist dabei Mittel zum Zweck. Da der zu seinen »Miskey-Whixer«-Kollegen wollte, visiere ich zielsicher die Cocktailoase am anderen Ende des Raums an.

Johnny steht lässig, den Fuß auf einem Barhocker abgestützt, halb vor, halb hinter der Theke, und flirtet mit einem nordrhein-westfälischen Tom-Cruise-Verschnitt, der sich garantiert wie die Hauptfigur des Films »Cocktail« fühlt. Auch so cool retro. Und trotzdem voll modern …

Ich will nun wirklich nicht stören. Und gleichzeitig unerkannt bleiben. Also schnappe ich mir einen Barhocker und setze mich wortlos dazu. Mit Reden geht bei der Lautstärke sowieso nicht wirklich viel. Aus den Augenwinkeln bemerke ich, wie Johnny beim Brüllen in meine Richtung gestikuliert. »Tom« zwinkert mir zu und grinst dämlich. Danach wischt er mit seinem Lappen beiläufig über die jungfräuliche Thekenoberfläche und stößt, wie aus Versehen, meine Hand an.

»Hey, Andi! Einmal wie immer?«

Schon wieder! Ich bin perplex und fühle mich wie in einem Déjà-vu gefangen.

»Wat is'? Hass'e deine Zunge anne Garderobe abgegeb'm?«, bölkt mir Johnny ins Ohr.

»Kenn' ich den?«, versuche ich die Lage auszusondieren.

»Was?«, kreischt er.

»Kenn' ich den?«, wiederhole ich. Diesmal lauter und näher an seinem Ohr.

»Pennsystem?«, fragt mein Gegenüber zweifelnd.

»Ob ich den kenne?«, schreie ich, so laut es geht.

»Is' doch egal. Lass ihn ma' mach'n.«

»Wie sieht's aus? Was kann ich für dich tun?«, hakt die Cocktailschubse penetrant nach.

»Sex on the Beach!!!«, schreie ich immer noch am oberen Ende meines Schallvolumens. Ich weiß auch nicht, warum. Steht als Erstes auf der Liste.

»Ich muss leider noch arbeiten, aber damit dir das Warten nicht zu lang wird, mach' ich dir erst mal was zu trinken.«

Ich lache mich tot.

Ich weiß nicht, was der junge Scientologe mir da zusammengeschüttet hat, aber es schmeckt fantastisch. Ich komme gerade an. Johnny zu meiner Linken tauscht wieder Anekdötchen mit seinem Kollegen aus. Der mixt hin und wieder fast schon nebenbei eine seiner Traumkreationen für die spärliche Kundschaft. Ich sitze einfach nur da, amüsiere mich über die schlechte Musik und rauche in Ruhe eine Zigarette. Mir fällt auf, dass ich den Unterkiefer kräftig an den Oberkiefer presse. Und ich spüre meinen rasenden Puls. Völlig in Gedanken versunken, synchronisiere ich das Kiefer-aufeinander-Pressen und den stark erhöhten Herzschlag. »Brian Flanagan« wischt einmal vor meinen Augen durch die Luft und holt mich damit zurück ins Hier und Jetzt. Ich mache eine dankbare Miene.

Um mich nicht allzu sehr mit mir selbst beschäftigen zu müssen, drehe ich mich auf meinem Stuhl um und schaue mir das Trauerspiel auf der Tanzfläche noch einmal an. Ist nicht besser geworden. Die Uschi in dem Leder-Mini tanzt immer noch. Scheint nicht sehr wählerisch zu sein. Wir befinden uns inzwischen in der 70er-Jahre-Abteilung des DJ-Sets. Ist ja auch egal. Ich bin ja nicht wegen der Musik hier. Äh, warum bin ich noch mal hier?

Johnny stupst mich in die Seite.

Ich verdrehe genervt die Augen. »Wat is' denn?«, brülle ich, so abweisend es nur irgend geht.

Er antwortet mit einer Geste zum Eingangsbereich, wo unsere Melli inzwischen an der Theke angekommen ist und mit dem Barkeeper angeregt diskutiert. Keine

Ahnung, was die in der Zwischenzeit gemacht hat. Fakt ist, sie ist im selben Raum wie ich, und das muss sich schnellstmöglich ändern. Panisch suche ich nach Fluchtmöglichkeiten. Zu meiner Rechten führt eine unbeleuchtete Tür in ein kleines, düsteres Zimmer. Kommt ja, wie gerufen. Ich gebe Johnny ein kurzes Zeichen, und wir verlassen den Tanztempel. In meinem Fall geduckt, einen paradiesischen Cocktail in der Hand.

»Wat is'? Wills'e dich nich' 'n bissken um deine neue Freundin kümmern?«, fragt Johnny amüsiert, nachdem wir uns in die hinterste Ecke verkrochen haben und dort gemütlich auf einer Couch lümmeln.

»Mit neuer Freundin wird wohl nix«, stelle ich nüchtern klar.

»Is' auch besser für dich. Mellis Beziehungen enden immer in 'ner Katastrophe. Absoluter Teenie-Terror. Ich bin sowat von froh, dat der Kelch an mir vorübergegang'n is'!«

Reaktionslos nehme ich Johnnys Ausführungen zur Kenntnis. Wir starren kurz auf unser Getränk.

»Du kenns' Dän noch aus'e Schule?«, bemüht er sich um eine Konversation.

»Jou. Der war auf'e Realschule in meine Parallelklasse.«

»Du wars' auf'e Realschule? Ich denk', du bis' Doktor un' allet«, wird knallhart nachgefragt.

»Is' 'ne lange Geschichte …«, versuche ich die Antwort schuldig zu bleiben.

»Ja und? Biss'e wegen der Musik hier, odder wat?«

Der hat ja mal gesessen.

»Dän hat erzählt, du wars' 'ne Zeit am Bod'nsee. Und im Osten.«

»Jou. Vorher war ich au' no' in Köln«, gebe ich dann doch noch Privates preis.

»Wat machs'e denn dann widder hier?«, eröffnet Johnny ein längeres und eher einseitiges Gespräch über die Unzufriedenheit. »Ich bin nich' so wie Dän. Der hat sich hier arrangiert. Der is' so'n Typ, den kanns'e auch in 'ne Beerdigungsfeier von 'nem Fremden schmeißen und der hat trotzdem 'ne Mordsparty. Dann hat er ja auch sein Geschäft lauf'n un' allet. Der is' sowat wie der Herr Lehmann des nördlichen Ruhrgebiets. Der geht hier bestimmt nich' wech.«

»Ich denk', der will na' Münster. Mit Café-Kette und so …«, erinnere ich mich dann doch noch an meine nachmittägliche Unterhaltung mit Dennis.

»Ach, hat er dir da au' schonn von erzählt? Da redet der schonn fast 'n Jahr drüber. In dies'm Leb'm wird dat nix mehr. Und Melli is' auch schonn seit Jahren am Labern, von wegen nach Köln zieh'n und Studium und hass'e nich' geseh'n. Die Realität sieht nu' ma' so aus, dat se noch bei ihr'n Eltern wohnt und sich mit Call-Center-Jobs über Wasser hält. 'n pinkes Plüschkleid allein macht noch kein Glamour-Girl!«

Ja, was soll ich dazu sagen? Da hat sich wohl was aufgestaut.

Ich verhalte mich ruhig. Zu meinem Glück erwartet mein Gesprächspartner auch keinen Redebeitrag von mir.

»Du has' et doch geschafft. Dat muss dich doch allet tierisch ankotz'n hier. Ich mach' grad 'ne Umschulung. Zum Web-Designer. Wenn ich die feddich hab', such' ich mir auch woanders 'n Job. Und dann zieh' ich auch wech. Lieber heute als morgen!«

Ich fühle mich, als müsste ich hier was richtigstellen. Erstaunlicherweise weiß ich aber nicht, was. Widerstrebt mir, wie ich bei seiner Darstellung wegkomme? Oder will ich sogar für meine alte Heimat in die Bresche springen? Bevor ich mir diese Fragen beantworten kann, kniet vor mir die winkende Tanzwütige im Leder-Mini.

»Hallo, Johnny! Willst du mich nicht deinem Freund vorstellen?«, unterbreitet die junge Frau ihre Forderung.

»Ach so. Ja, das ist André«, versucht da einer offensichtlich Zeit zu schinden.

»Kennst du etwa meinen Namen nicht mehr? Ist ja auch egal. Hallo, ich bin die Biggi«, säuselt mir das junge Ding mit leichtem schwäbischem Akzent zu.

»Ja … Dann kennt ihr euch ja jetzt. Wenn du mich suchst, ich bin wieder an der Theke«, verlässt mich Johnny fluchtartig. Dabei hatten wir uns doch grad so gut unterhalten.

»Schwupps!«, kommentiert Biggie ihren schwungvollen Hüpfer auf den frei gewordenen Sitzplatz neben mir.

»Hast du mich gerade gar nicht gesehen? Ich habe dir zweimal zugezwinkert!«

Ist mir erstens tatsächlich nicht aufgefallen, und zweitens hat man ja auch noch so was wie einen freien Willen und verfällt nicht automatisch in Sex-Trance, wenn man den Kopf der Medusa erblickt.

»Ich habe dich hier noch nie gesehen. Bist du neu hier?«, fragt sie unbeirrt weiter.

»Ich hab' beruflich in der Gegend zu tun«, halte ich mich weiter mysteriös.

»Dann bist du auch nicht von hier!«

Äh, nein.

»So wie ich!«

Doppel-Nein!

»Ich bin vor kurzem erst in den Pott gezogen«, rattert die Wortlokomotive los, »von der Schwäbischen Alb. Ich komme eigentlich aus … ach das kennst du eh nicht. Aber die ZVS hat mir einen Studienplatz in Essen zugewiesen, und da studiere ich jetzt. Sozialpädagogik. Ist total interessant! Und Essen ist super. Ich liebe das Ruhrgebiet! Und die Leute!! Und man kann so geil Party machen hier!!!«

Luftholen nicht vergessen. Ist ja klar, dass man völlig aus dem Häuschen ist, wenn man so unverhofft in die Zivilisation vorstößt. Aber trotzdem das Luftholen nicht vergessen!

»Ich find dich süß! Du bist doch nicht schwul?«

»Äh, nein …«, schau an, da hab ich doch glatt zwei Worte dazwischengekriegt.

»Du siehst ein bisschen aus wie Johnny Depp. Nur leicht angegrunget …«

Na, Glückwunsch. Dann wird sie ja wohl hoffentlich wissen, dass man mir besser nicht in die Haare fasst.

Biggi aus dem Ländle quasselt wie ein Iltis. Sie hat inzwischen ihre Hand auf meinem Oberschenkel geparkt und reibt damit auf und ab. Im Rhythmus ihrer pointenlosen Erzählung. Hier und da grummel ich ein »Mhm«. Aktives Zuhören. Gut, dass ich studieren war. Und gut, dass mich hier keiner sieht. Meine Rückgratlosigkeit ist mir selbst schon peinlich genug. Der Cocktail, an dem ich zwischendurch Zuflucht suchend genuckelt habe, ist inzwischen leer. Jetzt bin ich in so etwas wie einer Stress-Ollen-Zwickmühle. Eigentlich böte die Ebbe in meinem Glas ja die perfekte Möglichkeit, den Fängen der Schwabenhexe zu entkommen. Allerdings wartet im Tanzsaal wohl immer noch die Ruhrpott-Furie Melli. Ich tue das, was ich wohl am besten kann. Ich sitze die Sache aus. So habe ich sowohl dreizehn Monate Zivildienst rumgekriegt als auch drei Jahre Bodensee.

Leider meint das Schicksal es nicht gut mit mir. Ich lasse gerade meinen Blick unbeteiligt durch die gruftartige Lounge wandern, da erblicke ich die junge Frau im pinkfarbenden Plüschkleid. In jeder Hand balanciert sie ein frisch gezapftes Pils und einen klaren Schnaps. Wohl je einen für mich und einen für sich. Würde mich wundern, wenn das Korn wäre. So, wie der Schuppen sich gibt, wird das wohl eher Wodka sein. Vielleicht hat Melli deshalb so lange gebraucht, uns Getränke an den Start zu bringen. Ich bin gerührt und fühle mich gleichzeitig schuldig. Na ja, jetzt mal halblang. Ich habe sie schließlich um nichts gebeten.

Melli durchschaut sofort die Situation, als sie mich und meine süddeutsche Begleiterin in der dunklen Ecke erspäht. Wie von der Tarantel gestochen, spurtet sie in ihren Pumps quer durch den Raum.

»Wat is dat denn für'ne Schlampe?«, faucht mich Melli an.

»Darf ich vorstell'n: Dat is' Biggi. Von der Schwäbischen Alb«, berichte ich wahrheitsgemäß.

»Samma, wills' du mich verarsch'n? Ich hab' dir doch gesacht, du solls' mich nich' verarsch'n!«

Während ihrer Hasstirade macht sie Anstalten, die Hände zur gestischen Unterstützung des Gesagten einzusetzen, wird aber von den unpraktisch verteilten Getränken gehindert. Natürlich flutscht ihr dann auch ein Schnapsgläschen aus der Zange, die sie mit Ring- und kleinem Finger geformt hat.

»So'nne Scheiße!«, platzt es aus Melli heraus.

»Was ist hier eigentlich los?«, mischt sich die Schwäbin lebensmüde ins Geschehen ein und wirft mir einen kritischen Blick zu.

»Schnauze, Schlampe!«, weist sie Melli sofort zurück in die Schranken.

Aber damit nicht genug. Immer noch ihrer Bewegungsfreiheit beraubt, schüttet sie die noch in ihrer Hand befindlichen Alkoholika über der ambitionierten Sozialpädagogik-Studentin aus.

»Iiiieeeehhhh!«, kreischt die los und steht dabei schwungvoll auf.

Die Kontrahentinnen stehen sich jetzt gegenüber. Wäre Melli in ihren Stöckelschuhen nicht so groß, stünden die beiden in bester Westernmanier vis-à-vis. Ich sitze immer noch, komme so schnell nicht mit. Der Plüsch-Teddy tritt dem Leder-Mini frontal vors Knie. Ich wusste doch, die hat es irgendwie mit Gelenken! Biggi sinkt sofort zu Boden. Melli schnappt sich eines der leeren Gläser, zerschlägt es filmreif an der Lehne der Couch und setzt gerade dazu an, die bereits um Gnade winselnde Zugezogene erneut zu attackieren. Strähne und Locke von der Security sind dankenswerterweise in der Zwischenzeit angerauscht, um den außer Kontrolle geratenen Zickenkampf zu beenden. Die beiden haben große Mühe, die in Rage geratene, wild um sich schlagende Melli unter Kontrolle zu bekommen. Das gelingt ihnen auch erst, als sie sie mit dem Gesicht nach unten an den Fußboden nageln. Ihre Knie rammen sie dabei mit voller Wucht in den Rücken der Randalierenden. Mellis linker Arm wird im Polizeigriff nach hinten gekurbelt. Sie schreit hysterisch wie am Spieß.

»Ich stech' dich kaputt, du miese Schlampe! Ich mach' dich alle!! Du bis' tot!!!«

Ich stehe dann doch mal auf. Johnny ist inzwischen auch wieder da.

»Kümmer' du dich ma' um dat Opfer«, delegiert er gut durchdacht.

»Jou, mach' ich …«, sage ich kleinlaut und sammele das Häufchen Elend aus dem Ländle auf.

»Wusst' ich doch, dat der Komiker da Stress macht!«, kommentiert Locke, als ich die am ganzen Körper zitternde Biggi in Richtung Toiletten lotse.

Johnny bleibt bei Melli. Auf unserem Weg durch die Tanzhalle kommen uns Dän und der Lokführer entgegen. Beide mit besorgtem Gesichtsausdruck. Die junge Frau Schwarz ist inzwischen wohl auch eingetroffen und stöckelt unangebracht fröhlich an der Verletzten vorbei. Mein alter Schulkollege nimmt mich nur beiläufig wahr.

Die in Tränen aufgelöste, schluchzende Biggi umklammert mich fest, als wir zusammen die Treppen zu den sanitären Anlagen hinuntergehen. Sie besteht darauf, dass ich mit in die Damentoilette komme. Ich folge ihr, wie gewünscht, auf Schritt und Tritt, helfe ihr dabei, die Sauerei auf ihrer Kleidung zu beseitigen und die verheulte Schminke aus ihrem Gesicht zu wischen.

»Allet klar?«, frage ich aufgesetzt einfühlsam.

»Geht schon wieder …«, seufzt sie unter ihrem Pony.

»Bringst du mich nach Hause?«

Oh nee!, denke ich mir und beginne zu überlegen, ob tatsächlich ich schuld bin an dem etwas unglücklichen Verlauf des Abends. Das hier ist nicht meine Welt, ich hätte mal lieber bei Steiger auf dem Sofa bleiben sollen. Schließlich habe ich das Ende des Bauarbeiter-Pornos noch gar nicht gesehen.

Da ich auch nach reichlicher Überlegung eine Mitschuld an der Eskalation des Konfliktes nicht ausschließen kann, willige ich dann doch ein.

»Ja gut. Komm', lass' uns …«

Wir sammeln an der Garderobe ihre Jacke ein, und ich begleiche am Ausgang großkotzig unsere Rechnungen per Kreditkarte. Wir schnappen uns das erstbeste Taxi, das vor dem Eingang hinter Däns Asi-Karre gelangweilt auf Kundschaft wartet, und nehmen auf der Rückbank Platz. Biggi legt ihren Kopf auf meine Schulter.

»Wo soll et denn hingeh'n?«, fragt der grummelige Fahrer, der nur äußerst ungern seine Bild-Zeitung beiseite legt.

»Wir müsst'n in die … Äh, wo wohns' du eig'ntlich?«, bemühe ich mich, diese Wissenslücke bezüglich ihrer Person zu schließen.

»Gungstraße«, beantwortet Biggi schließlich die Frage des Fahrers.

»Gungstraße? Dat is' doch direkt hier umm'e Ecke. Dat Stück könnt'er do' au' eb'm lauf'm!«

»Nee, Chef. Dat geht schonn in Ordnungk. Die junge Dame is' im Moment schlecht zu Fuß«, verteidige ich unsere wohlüberlegte Entscheidung.

»Zu viel gesoff'n? Pass' mir bloß auf, dat die Kleine mir nich' auf'e Sitze kotzt!«

»Da mach' dir ma' keine Sorg'n, deiner Luxuslimousine wird schonn nix passier'n«, nehme ich meine Begleiterin jetzt auch noch in Schutz.

»Danke«, schnieft Biggi auf dem Sitz neben mir.

»Samma, wohns' du wirklich in der Gungstraße?«, versuche ich groß angelegt die Stimmung ein wenig aufzulockern.

»Ja. Wieso?«

»Ist ja witzig. Wählt Gung! Jetz' sach' mir bloß nich', dat'e au' noch bei den Beimers zur Untermiete wohns'«, spiele ich auf den fiktionalen Mikrokosmos der Lindenstraße an.

»Wieso witzig? Verstehe ich nicht. Ich wohne bei den Beyers.«

Willkommen in Realität und Gegenwart. Da ist die Kleine wohl doch mehr als zehn Jahre jünger als ich.

»War wohl vor deine Zeit … Nich' so wichtich«, schicke ich mich an, den etwas peinlichen Misserfolg in Sachen gute Laune zu übertünchen.

Unsere rasante Taxifahrt durch die Weltstadt Bottrop dauert tatsächlich nicht länger als vier Minuten, einschließlich der Suche nach der richtigen Hausnummer. Biggi postiert sich nach dem sofortigen Ausstieg im Vorgarten eines Zweifamilien-Zechenhauses. Die Schrecken der letzten dreißig Minuten scheinen wie weggeblasen. Dafür legt sie einen lasziven Blick auf und kommandiert mich mit einem unmissverständlichen Fingerwink an ihre Seite.

»Vier sibbzich macht dat dann«, beendet der Taxifahrer resignierend die wohl gewinnträchtigste Nachtfahrt seiner Karriere.

»Da wirs'e ja noch richtich reich an uns«, versuche ich noch mal mein Glück in Sachen Alltagshumor.

»Ich lach' mich tot«, fällt seine unbeeindruckte Antwort eher kurz aus.

»Komm' hier, mach fünf«, gebe ich mich übertrieben generös.

»Jou, Danke. Hass'e't nich' kleiner? Ich bin do' keine fahr'nde Sparkasse«, wird der Kollege angesichts meines Fünfzig-Euro-Scheins dann doch wieder schroff.

»Nee, tut mir leid …«

»Ja, mir auch!«

Umständlich, widerwillig sowie unerträglich langsam fummelt der Taxilenker in seinen diversen Geldbeuteln, um kompliziert die 45 Euro Wechselgeld zusammenzusammeln. Insbesondere die Übergabe der zig Dutzend Münzen bereitet ihm sichtbar Freude. Die Rache des kleinen Manns.

»Wat soll's? Geld is' Geld!«, kontere ich mit der flachsten Binsenweisheit, die mir auf die Schnelle einfällt.

»Na dann … Schön'n Ab'nd; und ruhige Fahrt noch!«, wünsche ich beim Aussteigen mehr aus Reflex als aus Höflichkeit.

»Ja, du mich auch«, folgt die unverblümt unhöfliche Verabschiedung auf dem Fuße.

Etwas zurückhaltend überquere ich erst die Straße, passiere dann den Bürgersteig und betrete zu guter Letzt andächtig den Vorzeigevorgarten der Beyers.

»Das war echt voll lieb, wie du dich um mich gekümmert hast«, säuselt die inzwischen handzahme Schwäbin und klimpert dabei verliebt mit den Augen. »Willst du noch mit reinkommen?«

Das Taxi ist schon weg. Wo ich genau bin, weiß ich nicht so recht. Früher, das heißt in meiner Jugend, fuhr hier – glaube ich – der Bus nach Essen durch. Aber das kann sich nach zwölf Jahren ja auch geändert haben. Wer weiß, ob um diese Uhrzeit überhaupt noch Busse fahren; oder gar schon wieder. Und kalt wird es so langsam. Ach, was soll es. Gehe ich halt kurz mit rein, wärme mich auf und kümmere mich dann später um die Heimreise.

»Warum eig'ntlich nich'? Wird eh 'ne Weile dauern, bis ich hier wegkomm'«, versuche ich nüchtern meine Beweggründe zu benennen.

»Ja nee, is' klar«, imitiert die Baden-Württembergerin schlecht Atze Schröder.

Sie nimmt mich bei der Hand und tippelt mit mir im Schlepptau über den liebevoll gepflasterten Weg zu den beiden Türen auf der linken Seite des Hauses. Separat für jede Wohnung ein eigener Eingang. Ich, so leise es in meinen Klicker-Klacker-Schuhen überhaupt geht, hinterher.

»Wir müssen leise sein, die Beyers haben direkt über der Tür ihr Schlafzimmer.«

Lass mich mal still raten: Herr Beyer muss morgens früh raus und braucht deswegen seinen Schlaf. Habe ich die olle Leier nicht gestern Morgen schon mal von wem anders gehört?

Wir betreten über die rechte Eingangstür Biggis üppige Wohnwelt. Noch bevor ich irgendwas von der Wohnung sehen kann, werde ich genötigt, meine Schuhe auszuziehen. Gott im Himmel! Diese ständige Bevormundung! Ich spiele jetzt schon mit dem Gedanken eines unbemerkten Rückzugs. Aber ruck-zuck hat mich die Ländle-Schönheit wieder unter ihren Fittichen.

»Und? Wie findest du meine Wohnung?«, fragt sie mit leuchtenden Augen, nachdem wir kurz in der Küche eine Flasche Sekt nebst Gläsern eingesammelt haben und – im Prinzip ohne über Los zu gehen – durchs Wohnzimmer das Schlafzimmer erreichen. Ich schätze ihr Domizil auf 50 Quadratmeter. Wirklich nicht schlecht. Anscheinend vor kurzer Zeit erst grundsaniert. Bis in die kleinste Ecke skandinavisch eingerichtet. Bücher habe ich bis jetzt nicht viele gesehen. Auch keine Tonträger. Scheint mir ja schon ein wenig suspekt. Schließlich ist die Kleine doch Studentin.

Ungefragt schenkt sie mir und sich selbst auf ihrem Schreibtisch je ein Glas Sekt ein. Ihr heimatlicher Arbeitsplatz liegt direkt am Fenster zur Straße. Sieht soweit gemütlich aus. Könnte mir gefallen. Sekt hasse ich jedoch wie die Pest. Ich muss davon immer aufstoßen, kriege nach einer Weile Kopfschmerzen und ultimativ Sodbrennen.

»Dann lass uns mal auf den gelungenen Abend anstoßen …«, redet sich Biggi die letzten Stunden schön. Da hat sie ja eine totsichere Verdrängungsstrategie perfektioniert.

»Ach, weiß' du, Sekt is' eig'ntlich nich' so mein Ding«, versuche ich erfolglos ein bisschen Tempo rauszunehmen.

»Jetzt stelle dich hier mal nicht so an. Bist doch sonst auch kein Kind von Traurigkeit. Trink! Das wird dich lockerer machen.«

Das Kindchen-Dingchen hat mich vor höchstens drei Stunden das erste Mal gesehen und bildet sich jetzt schon ein, mich so gut zu kennen. Ich bin ein Kind von Traurigkeit! Ich bin ein dickes Teenager-Mädchen! Und das mit dem Lockermachen ist heute schon mal in die Hose gegangen.

Birgit, Brigitte oder wie immer sie auch mit bürgerlichem Namen heißen mag, zieht den Sekt jedenfalls auf ex weg, stellt schnell und unvorsichtig ihr Glas auf dem Schreibtisch ab und presst ihre Lippen fest gegen die meinen. Mir fällt vor Schreck das Glas aus der Hand. Sie wuchtet mich druckvoll gegen den Schreibtisch. Ich fühle mich übermannt. Oder sollte ich lieber »überfraut« sagen? Ich lasse es die ersten Sekunden einfach nur geschehen.

Die Sexbombe von der Alb hat inzwischen mit ihrer Zunge den Widerstand meiner Lippen durchbrochen und leckt wie wild in meinem Mundraum rum. Erst zwischen Oberlippe und den oberen Schneidezähnen, dann zwischen der Unterlippe und den unteren Schneidezähnen. Was für ein widerliches Gefühl. Im Anschluss zündet sie so was wie eine Zungenkuss-Salve, bei der in einem Mordstempo gefühlte vier Zungen in meinem Rachen vor- und zurückpreschen. Mich überkommt ein Würgereiz. Aus reinem Selbsterhaltungstrieb werde ich nun doch aktiv. Ich versuche, mit weichen und vor allen Dingen langsamen Bewegungen meiner Zunge ihre kriegsartigen Kuss-Attacken zu bremsen. In regelmäßigen Abständen stößt sie wie ein Specht mit ihrem Schnabel in meine Gesichtsöffnung, so dass mein Kopf mit lautem Knacken in meinen Nacken zurückschnellt. Ich kralle meine Hände in ihre Hüften und versuche, mit all meiner Kraft ihren Körper wegzudrücken. Vielleicht kann ich sie ja dann auf Distanz halten.

Netter Plan! Funktioniert nur leider nicht. Kaum habe ich den Blutegel aus meinem Gesicht und den Rest der Sexmaschine einigermaßen auf Abstand, geht das Luder auf die Knie und fummelt an meiner Gürtelschnalle herum. Noch bevor ich mich versehe, stehe ich unten ohne da. Zwei schwitzende Frauenhände packen mich bei den Armgelenken und pressen meine willenlosen Hände zielsicher gegen ihre ebenso vollen wie festen Brüste.

»Oohhh!«, stöhnt Porno-Biggi kurz lustvoll auf.

Ich wünschte, ich wäre auch schon soweit. Ich bemerke, dass mein kleiner Freund – immer noch stark benebelt von der exzessiven Mischung aus Alkohol, Nikotin und Amphetamin – nicht so recht in Stimmung kommt. Kein Wunder, wenn man in dem Zustand so überrannt wird. So, wie er jetzt steht, wird es schon irgendwie gehen. Es handelt sich zwar nicht gerade um eine pralle Erektion, aber mit einer helfenden Hand werden wir den Kollegen schon ins Ziel lotsen. Apropos Ziel. Schwaben-Biggi wirft sich rücklings auf ihr Bett, das nur anderthalb Schritte vom Schreibtisch entfernt ist. Vorspiel ist in ihren Breitengraden wohl kein großes Thema. Oder in ihrer Altersklasse? Wie auch immer. Der sportliche Ehrgeiz hat mich beim Überstülpen des Präservativs gepackt, und ich springe neben sie auf die Laken. Gott sei Dank ist die Nummer mit dem Küssen vorbei. Ich versuche, ihr sanft den Minirock über ihre Beine zu streifen, doch sie geht schnell dazwischen und schiebt das Ding einfach kurzerhand nach oben.

»Ooohhhh!!«, stöhnt sie lauter als zuvor.

Ich fummele an ihrem Höschen rum, ebne mir mit meinem linken Mittelfingerfinger den Weg in ihr Vergnügungszentrum und stelle beruhigt nach der Expedition fest: paddelnass und ready to go.

»Nu mach schon!«, fährt sie mich an und schiebt ihr Höschen notdürftig beiseite.

»Na, dann woll'n wir mal«, rede ich mir selbst Mut zu.

Umständlich kugele ich mich auf die leicht entflammbare Schwäbin. Wie gehofft, dringt der leicht benommene und etwas müffelnde Kamerad aus der unteren Etage mit kleiner Hilfestellung dann doch irgendwann ein.

Biggi geht ab wie Hulle und spielt sich zu meinen leicht arhythmischen Stoßbewegungen mit beiden Händen gleichzeitig an ihrer Klitoris rum. Sie zittert am ganzen Körper, und nach wenigen Sekunden erschallt mit einem infernalischen »Oooohhhhh!!!« ihre höchstpersönliche Zielglocke. Dafür hätte sie mich nun wirklich nicht gebraucht.

Na toll. Und ich? Bei dem ganzen Gehampel und Gekreische kann sich doch keine Sau konzentrieren. Und um dem Ganzen dann noch die Krone aufzusetzen, schickt sie sich postkoital an, mir einen Finger in den Arsch zu stecken. Seit ausrangierte VIVA-Moderatorinnen Bücher schreiben dürfen, kommen diese jungen Dinger auf die bekacktesten Ideen.

»Lass' ma' gut sein«, unterbreche ich das Trauerspiel.

»Wenn du meinst. Du warst wundervoll …«, flüstert die höchst befriedigte Dorfschönheit aus dem Süden, dreht sich auf die Seite und schläft sofort ein.

»Gute Nacht, Johnny!«

Johnny? Hoffentlich meinte sie wenigstens Johnny Depp und nicht unseren lebensbejahenden Kleinstadt-Costa-Cordalis.

Vier Uhr morgens, wir schließen!

Ich stehe ziemlich verdutzt vor dem Doppelbett der emsigen Studentin. Meine Beinkleider hängen schlaff um die Fußknöchel. Genauso schlaff hängt das Kondom an meinem noch viel schlafferen Glied. Mein nackter, pelziger Hintern erstrahlt unterdurchschnittlich fotogen im frühmorgendlichen Mondlicht. Biggis Schlaf ist tief und fest; anscheinend gibt es keine Chance, sie zu wecken. Warum sollte ich auch? Am Ende muss ich vielleicht noch mit ihr reden? Oder gar bis zum Frühstück bleiben? Im schlimmsten Fall sogar bei den Gasteltern Beyer. Das muss ja nun wirklich nicht sein. Geht schon in Ordnung so, wie es ist. Ich ziehe mir nacheinander meine Hosen wieder hoch. Den Rest der Kleidung, der ja streng genommen zu keinem Zeitpunkt betroffen war, rücke ich notdürftig zurück in Position. Mein Kopf spiegelt sich in dem Fenster über dem Schreibtisch, und ich nutze die Gunst der Stunde, um meine Haare wieder einigermaßen in Schuss zu bringen.

Und als ich mir da so im Haar rumspiele und mein Spiegelbild erblicke, fangen die ganzen Johnny-Depp-Sprüche auf einmal an, schal auf mich zu wirken. Wo bin ich hier eigentlich, was mache ich hier? Ich bin Anfang dreißig, wie lange soll ich noch so ziel- und rastlos umherziehen? Wann komme ich denn mal wo an? Liegt da auf dem Doppelbett vielleicht der Ausweg aus der unentwegten Unzufriedenheit?

Ich versuche mir vorzustellen, wie ich mit Biggi über Weihnachten ins Schwabenland fahre, um ihre Eltern zu besuchen. Ich sehe meine neue Partnerin schon beim Simultanübersetzen. Ich fühle jetzt schon das klamme Unwohlsein, immer aufpassen zu müssen, nichts Verkehrtes zu sagen, es mir mit meiner Ruhrpott-Schnauze nicht direkt zu versauen. Und dann denke ich an unsere Kinder. Die wären bestimmt hübsch. Aber will ich Nachfahren zeugen, die eine andere Sprache sprechen als ich? Eine hübsche und schlaue Tochter, die zu allem Überfluss auch noch schwäbelt? Und irgendwie wird mir klar, dass mir der Ruhrpott-Staub immer an den Schuhen kleben wird. Egal ob in Bottrop, auf der Schwäbischen Alb, in Los Angeles oder im fernen Asien. Hammereinsicht! Reicht so langsam mit Nachdenken. Mir brummt der Schädel. Jetzt noch einen Absacker, und dann will ich heim. Heim zum Steiger. Der sitzt bestimmt noch auf der Couch.

So, nachdem das geklärt ist, kann es ja weitergehen. Ich ordne meine Brocken und gleite lautlos aus der Studentenbude für Reiche, vorbei am Schlafzimmer der Beyers und raus in die frische Bottroper Oktobernacht. Ich stolpere eine Weile ziellos die Straße rauf und entdecke dann das hell erleuchtete Tetraeder am Horizont. Bingo! Da irgendwo muss doch auch das Alpincenter sein, von dem mir Frau Szczepaniak gestern Morgen erzählt hat. Jetzt, da ich begriffen habe, dass ich über dreißig Jahre alt bin und in meinem Leben gehörig was schiefläuft, bin ich doch wie geschaffen für eine Top-Ü30-Party! Also schalte ich zwei Gänge hoch und sehe zu, dass ich möglichst schnell die Oase des schlechten Geschmacks erreiche.

Wie in spiritueller Trance bei der Suche nach dem heiligen Gral eile ich jetzt strammen Schrittes durch die dunklen und ungemütlichen Straßenzüge, die mich von einem erfrischenden Schlaftrunk trennen. Mit dem Ziel direkt vor Augen vergeht die Zeit wie im Flug, und siehe da, schon schwebe ich über eine futuristische Rolltreppe in das Etablissement, in dem die Après-Ski-Party so langsam ihrem Ende entgegengeht, und lande direkt vor zwei Aushilfshooligans, die heute Nacht wohl mal einen auf wichtig machen dürfen.

»Wie sieht et aus? Gibt et hier noch wat zu trink'n für ein'n durstig'n Mann Anfang dreißig?«, eröffne ich erstaunlich wortgewandt die Konversation.

»Eintritt kostet 25 Euro!«, antwortet einer der Türsteher eindeutig weniger wortgewandt.

»25 Euro? Ist dat nich' 'n bisscken viel? Ich will nur eben 'n Pilsken trink'n, und dann bin ich widder wech«, versuche ich wie auf dem Bazar zu feilschen.

»Et gibt hier heute nur ein'n Preis: 25 Euro. Dafür is' allet inklusive. Skier leih'n, Ski fahr'n, alle Speisen und Getränke, und die Après-Ski-Party«, erläutert der andere Türsteher.

»Ich kann jetz' noch Skifahr'n?«

»Natürlich nich'! Et is halb vier morg'ns durch ...«, mischt sich der andere Spacko wieder ein und macht sich mit seinem Kollegen über mich lustig.

»Abber sauf'n kann ich, so viel ich will, odder wat?«

»Sicher. Da würd' ich an deine Stelle abber nich' so viel quasseln, sondern mal hinmach'n. Die Bar schließt um vier.«

Ich weiß doch auch nicht. Ich glaube nicht, dass es realistische Alternativen gibt. Und wenn ich mich ranhalte, kriege ich die 25 Kracher ja vielleicht auch verzehrt.

»Ja, komm' hier«, fasse ich mich kurz und bezahle den nicht verhandelbaren Eintritt.

Jetzt aber nichts wie an die Theke, soll sich schließlich lohnen. Vor dem einzigen Zapfhahn, der noch in Betrieb ist, steht ein Oberlippenbartträger um die Vierzig in einem durchgeschwitzten Schalke-Trikot und labert den gastronomischen Mitarbeiter an der versiegenden Bierquelle in einer Tour voll. Ich werde ungeduldig, wippe auf und ab und versuche dabei mit Hilfe einer Zeigegeste in Richtung Zapfhahn eine Hopfenkaltschale zu bestellen. Keine Chance, der Typ hinter der Theke ist wohl auch Schalker und geht irgendwie voll in einem Fachgespräch über den geilsten Club der Welt auf.

»Hömma, Kollege! Machs'e mir ma' 'n Pils, odder is dat hier 'ne Gesprächstherapie?«, verliere ich endgültig die Geduld.

Und während der Schalker hinter der Theke sich ein Glas schnappt und tatsächlich anfängt, mir ein Pils zu zapfen, gibt mir der Schalker vor der Theke voll einen mit dem Kopf. Ich spüre, wie sich meine Nase unter dem Druck nach hinten biegt. Ich meine, ein lautes Knacken zu vernehmen. Das saß! Ich taumele rückwärts in den Tanzbereich, in dem ein halbes Dutzend rüstiger Rentnerinnen noch kräftig schwoft. Bevor ich mich von dem Schock des Angriffs erholen kann, merke ich, wie mich eine der Frauen in die Foxtrott-Kralle nimmt und wild über die Tanzfläche schleift. Die Furie ist Frau Szczepaniak, und sie ist voll in ihrem Element. Das Blut, das inzwischen aus meiner Nase läuft, interessiert sie nicht die Bohne. Sie wirbelt mich durchs Disko-Licht und lächelt mir zu, als wenn nichts wäre.

»Einen Steeerrrnnn …«, singt meine Vermieterin aus voller Brust den Schlager-Scheiß, der aus den Boxen dröhnt, mit.

Inzwischen habe ich mich einigermaßen von dem Schlag an der Theke erholt und versuche die Tanzbewegungen meiner Vermieterin in Richtung des frisch gezapften Pils' zu lenken, das inzwischen am Tatort auf mich wartet. Um den geilsten Fan der Welt müssen sich inzwischen die Hooligans vom Eingang kümmern. Fast schon kameradschaftlich geleiten sie ihn freundlich, aber bestimmt zum Ausgang. Wieso kommt es mir so vor, als ob die Jungs eigentlich auf seiner Seite sind und lieber mir einen tüchtigen Arschtritt verpassen würden, als ihren Kumpel auf die Straße zu setzen?

Die Kasse wurde in der Zwischenzeit frühzeitig geschlossen. Toll, wenn ich nur zehn Minuten später gekommen wäre, dann hätte ich 25 Euro gespart, hätte mir problemlos ein Bier bestellt und würde sehr wahrscheinlich jetzt schon die zweite Getränkerunde einläuten. Aber ernüchternd, wie es nun mal ist, ringe ich mit einer tanzgeilen Ruhrpott-Mutti, nur um einen erfrischenden Schluck aus einem Glas mit einem alkoholischen Kaltgetränk zu erhaschen.

Nach einigen Minuten gibt die Nase Ruhe, das Blut ist auf meinem Hemd angetrocknet und ich habe Frau Szczepaniak endlich an der Theke. Inzwischen ist ihr dann doch aufgefallen, dass ich spürbar intensiv ins Geschehen eingegriffen habe, um uns an diesen Ort zu bringen. Sie guckt kurz auf den Tresen, lächelt mich dann an und brüllt mir »Dat wär' do' nich' nötich gewes'n!« ins Ohr. Dann schnappt sie sich das Glas und zieht mein hart umkämpftes Pils in einem Zug auf ex weg.

Ich bin sprachlos. Ich strecke dem Zapfmeister meinen Zeigefinger entgegen und unternehme damit einen weiteren verzweifelten Versuch, mir ein Absacker-Bier zu bestellen. Von jetzt auf gleich geht die Musik aus.

»Vier Uhr morgens, wir schließen!«

Nachdem ich Frau Szczepaniak an der Garderobe abgehängt habe, fühle ich mich wie in Tom Waits' »Tom Traubert's Blues« gefangen, als ich über die sterile Rolltreppe zurück in die Unterwelt absteige.

»Man kriegt im Leben immer das, was man verdient«, hat meine Mama immer gesagt.

Auch weil es anfängt, im Schritt zu jucken, spukt mir die junge Sozialpädagogik-Studentin aus dem Ländle wieder im Kopf herum. Frau Szczepaniaks Parfum klebt immer noch in meiner stark ramponierten Kleidung und überdeckt sogar den verrauchten Kneipengeruch. Mich überkommt eine zwar leichte, aber dennoch unangenehme Panik, dass ich vergessen habe, mein Luxus-Badezimmer zu lüften. Ich werde meiner Vermieterin also in den nächsten Tagen die Stockflecken an der Tapete und auf den Teppichfliesen rund ums Fenster erklären müssen. Und Melli in ihrem pinken Plüschkleid wartet sicherlich zähnefletschend an der Stadtgrenze auf mich, um mir das restliche Blut, das noch nicht auf meinem Hemd klebt, aus dem Körper zu saugen.

Als ich das Alpincenter verlasse, grölt ein jämmerlicher Haufen rotzbesoffener Ruhrpott-Asis Costa Cordalis' »Anita«. Habe ich jetzt ein Déjà-vu oder waren wir heute Nacht nicht schon mal soweit?

Mir fehlt die Orientierung. Das Skiparadies in meinem Rücken liefert die einzige gesicherte Erkenntnis über meine Position. Ich gehe erst mal links. Sehr wahrscheinlich, weil ich Linkshänder bin – wie Rocky Balboa – und mir auf der linken Seite alles leichter fällt. Nachdem ich den Abend über kaum geraucht habe, versuche ich relativ ungeschickt, mir eine Zigarette anzustecken. Ich brauche vier Anläufe, bis ich Flamme und Zigarettenende zur selben Zeit am selben Ort habe. Ich fühle mich vom Leben betrogen, als der erste Nikotinschub in meinem Blutkreislauf einen unüberwindbaren Kotzreiz auslöst. Ich speie einen dicken rosa Strahl aus halb verdautem Wodka-RedBull, Bier und Korn auf den Bottroper Gehsteig. Ein substantieller Teil des Erbrochenen landet auf meinen Schuhen, einige Spritzer gesellen sich zu den Matschflecken, die ich mir vor der Lok eingefangen habe. Flüssigkeit trieft in meine Socken und mir werden die Füße kalt. Ich schäme mich für den Anblick, den ich liefere, und beeile mich umso mehr, die alpine Partymeile des nördlichen Ruhrgebiets schnellstmöglich hinter mir zu lassen. Meine angemietete Ersatzmutter soll mich in diesem Zustand jedenfalls nicht sehen. Ich höre schon die besorgte Moralpredigt beim nächsten unangemeldeten Kontrollbesuch. Die Stockflecken im Bad werden mir schon genug Ärger einbringen!

Nach einigen Minuten ziellosen Umherirrens bemerke ich die neue Beschilderung in meiner alten Heimat. Von einer gewissen »Route Industriekultur« ist die Rede. Hört, hört! Bottrop ist inzwischen eine Touristenattraktion. Und für Radler und Wanderer gut als solche gekennzeichnet. Auch die Siedlung, in der sich meine Eltern ein Reihenhaus gekauft haben, als ich in der siebten Klasse war, wird Fahrradfahrern als Ausflugsziel angepriesen. Die Beschilderung sollte mich also über diese zwei Streckenpunkte sicher in meine Anderthalbzimmer-Übergangsbehausung im Osten meiner Geburtsstadt leiten können. Aber ich traue dem Braten nicht so recht und halte mich lieber an die Straßenschilder, die mich zu der mir schon ewig vertrauten Bundesstraße 224 weisen. Was der Bauer nicht kennt, das frisst er nicht. Die Nord-Süd-Fahrt, die das Nichts im Norden mit der Großstadt Essen im Süden verbindet, kenne ich von früher. Da weiß ich schließlich, was ich habe. Denke ich das wirklich gerade?

Die Zubringerstraße, die die Bottroper City mit der B224 verbindet, ist ein echter Schandfleck in diesem sowieso landschaftlich eher unterentwickelten Landstrich. Links und rechts nichts zu sehen außer einer alten Zechenanlage und dem nordrhein-westfälischen Gegenstück zum Weinberg, der Halde. Wenn ich da an den sommerlichen Ausblick auf die Alpen zurückdenke, den ich beim Schwimmen im Bodensee genießen durfte, oder den Blick auf den Bosporus aus meinem Zimmer in Istanbul. Ich erinnere mich wehmütig an Venice Beach und den Pazifischen Ozean. Man soll immer das Positive sehen. Immerhin weiß ich, wo ich bin. Ich habe ein Ziel und weiß, wie ich da hinkomme. Einfach die Straße runter und an der großen Kreuzung links. Und dann immer geradeaus, bis es wieder hell wird. Für so viel Klarheit wäre ich dankbar gewesen, damals in den Straßen von San Francisco. Überall auf der Welt ist es sehr wahrscheinlich pittoresker, aber in diesen Gefilden kenne ich mich nun mal aus. Woanders ist es schön, aber hier bin ich nun mal zu Hause. Mein Gott, ich bin einmal um die Welt gereist und bin doch solch ein kleinkariertes Gewohnheitstier geblieben?

Meine dumpfe Idee von vor knapp einer Stunde wird plötzlich zur gewissen Wahrheit. Egal, wie weit ich fliehe, egal, wie lange ich weg bin, an meinen Schuhen wird immer der Kohlenstaub meiner einst so verhassten Heimat kleben. Ich bin ein Ruhrpott-Köter; fühle mich, als wäre mein Fell voller Flöhe, struppig und verlaust. Und ich werde es wohl auch immer bleiben. So wie Dän, so wie Johnny und so wie Melli. Und so wie Steiger. Ich kann es kaum erwarten, mich wieder zu dem alten Haudegen auf die Couch zu fläzen.

Wie, um mir selbst Mut zu machen, stimme ich ganz leise, nur für mich, das Steigerlied an.

»Glück auf, Glück auf!
Der Steiger kommt.
Und er hat sein helles Licht bei der Nacht,
und er hat sein helles Licht bei der Nacht,
schon angezündt', schon angezündt'.«

Dabei war ich doch nie unter Tage. Genauso wenig wie Steiger.

Und wenn du denkst, es geht nicht mehr, kommt von irgendwo ein Lichtlein her. In meinem Fall handelt es sich dabei um zwei grelle Halogenscheinwerfer, die mir, begleitet von kreischenden Bremsgeräuschen, direkt ins Gesicht strahlen, als ich endlich an der so vertrauten Bundesstraße angekommen bin. Noch bevor ich Auto und Fahrer in der Dunkelheit erkennen kann, vernehme ich ein laut in die Nacht gebrülltes »Ruhr …!«. Ich stehe dem in Lautstärke und Inbrunst in Nichts nach, als ich Dän ein donnerndes »Pott!« entgegenballere.

»Kollege! Da biss'e ja endlich widder …«, empfängt mich Schulfreund Dennis in seiner Asi-Schleuder.

»Wo biss'e denn auf ei'ma' abgeblieb'n? Wir ham uns doch Sorg'n gemacht«, hakt er nach.

»Ich hab' noch die Schwaben-Uschi na' Hause gebracht«, stelle ich mehr oder weniger nüchtern fest.

»Mensch, mach' kein'n Scheiß … Hass'e die Olle echt no' klargemacht?«

»Und dann war ich auf'n Absacker in der Skihütte«, wechsele ich, ganz wie ein echter Gentleman, schnell das Thema.

»Boa, wat bis' du denn für'n Asi? Da geh'n do' nur die Vollspackos hin!«

»Wat is' mit Melli?«, frage ich dann doch ein wenig besorgt nach.

»Keine Sorge. Johnny kümmert sich um sie«, klärt mich Dän auf und zwinkert mir dabei zu.

»Wat is'? Wills'e mich eig'ntlich übber Nacht hier festhalt'n?«, frage ich meinen Sitznachbarn aufgesetzt schroff und zeige dabei auf die vor uns liegende Straße, die uns in Richtung Norden zurück nach Hause führt.

Zurück nach Gladbeck, Westfalen!

Seitdem WDR1 EinsLive hieß, hörten wir auf einmal wieder Radio.

»Es ist 1996,
meine Freundin ist weg
und bräunt sich in der Südsee …
Allein?
Ja, mein Budget war klein.
Na fein,
Herein,
Willkommen im Verein!«

Es lief gerade der Sommerhit des Jahres 1996 im Autoradio, als ich mit Steiger checkermäßig in dem protzigen Audi seines Vaters durch die City unserer miesen, kleinen Heimstadt fuhr. Wie sehr ich dieses Kaff hasste. Und wie sehr ich meine Freundin vermisste, die sich – wie im Song beschrieben – im Sommerurlaub bräunte, während ich daheim meinen Zivildienst wie eine Haftstrafe absaß.

Eines war klar: Auf Steiger konnte man sich verlassen! Ich hatte nur eine kurze, nicht wirklich ausformulierte Andeutung in Sachen Langeweile gemacht, und schon stand er mit einer frisch polierten Poser-Karre, im schwarzen Anzug und mit Sylvester-Stallone-Sonnenbrille vor dem Reihenhaus meiner Eltern, um mich zu einer spontanen samstäglichen Spritztour abzuholen. Ich wollte ja nicht wirklich raus. Ich wollte damals eigentlich nie raus. Ich hatte auch keinen Bock, mir einen Anzug anzuziehen, nur um vor ein paar Kleinstadt-Häschen einen auf dicke Hose zu machen. Ich hatte generell keine Lust auf Gesellschaft.

Aber der Kollege bestand halt darauf, und ich fügte mich – auch in Ermangelung ernstzunehmender Alternativen.

»Bevor wa na' Tchibo geh'n, besorg'n wa uns erst no' 'n paar Handys …«, offenbarte mir Steiger seinen grandiosen Plan, nachdem wir Papas Audi auf der obersten Ebene des Karstadt-Parkhaus abgestellt hatten. Wir nahmen immer ganz oben den hinterletzten Parkplatz. Egal, wie viel los war und wie viele Plätze bereits belegt waren. Das war inzwischen zu so etwas wie einem Ritual geworden. Von hier aus hatte sich schließlich unser Freund Christian vor vier Jahren mit dem Kopf voran in den Tod gestürzt. Seine posthume Botschaft war der Nachwelt als Graffiti in dem nach Pisse stinkenden Treppenhaus erhalten geblieben: »Die Zukunft hat einen neuen Namen: Scheiße!« Wie recht er doch damals hatte. Streng genommen hat sein Aphorismus auch nichts an Aktualität verloren. Mobiltelefone hatten für uns als Aushängeschilder des Yuppietums genau denselben Namen wie die Zukunft: Scheiße. Und ich hasste sie, genauso wie ich dieses Ramschleben aus zweiter Hand hasste, was man in dieser Gammlerstadt von seinen Eltern vorgelebt bekam. Natürlich kauften wir uns bei Woolworth, direkt gegenüber von Karstadt, auch bloß zwei Spielzeughandys, die auf Knopfdruck primitive Klingeltöne von sich gaben.

Da waren wir nun. An einem Samstagmorgen gegen 11:30 Uhr liefen wir – immer noch von »Pulp Fiction« begeistert – wie Jules und Vince durch die jämmerliche Fußgängerzone einer Kleinstadt am nördlichen Rande des Ruhrgebiets und stellten uns vor, wir wären in L.A. Früher hat sich die hiesige subkulturell orientierte Jugend jeden Samstagmittag vor der Filiale eines namhaften, überregional bekannten Kaffeehandels getroffen. Eine bunte

Mischung aus Punks, Skins, Gruftis, Hippies, Rockabillys, Pennern und pubertierende Schüler, die einfach nur dabei sein wollten. Als Hundertschaft hatten wir damals heldenhaft den jähen Strom einkaufswütiger Konsumsklaven blockiert. So sah Widerstand Anfang der neunziger Jahre aus.

An diesem Wochenende standen ich und Steiger unbeachtet an einem der zwei bis drei Stehtische, die etwas unbeholfen zum Kaffeetrinken im Freien einladen sollten. Zu zweit stellten wir wohl mitnichten den kläglichen Rest einer ehemals aktiven Jugendkultur dar. Nicht das geringste Zeichen einer weltverbessernden Szene. Treffen würden wir hier heute auch keinen. Früher lief das irgendwie alles von alleine. Man war einfach da. Und Dutzende andere auch. Wir standen da und nuckelten an unserer kleinen Tasse schwarzen Kaffees. Dabei lästerten wir arrogant über nichtsahnende Passanten, die vor unseren Augen auf und ab flanierten, und vergaben »lustige« Phantasienamen. Die aufgedonnerte Aldi-Kassiererin in Pumps, die, der Bräunungsstufe ihrer Haut nach zu urteilen, wohl frisch aus dem Mallorca-Urlaub zurück war, wurde so ganz schnell zu »Steffi Stöckel«. Steiger lachte sich tot. Nee, wie witzig! Ab und zu zückte einer von uns sein Spielzeug-Handy, drückte den Knopf, der ein Klingelgeräusch startete, und tat dann lauthals so, als würde er mit irgendwem über Börsengeschäfte reden. Die süße Türkin, die auf der Realschule in meiner Parallelklasse war, kam an uns vorbei und erkannte mich in meiner idiotischen Verkleidung. Sie machte auch direkt die Freundinnen in ihrem Schlepptau auf meinen peinlichen Auftritt aufmerksam. Ich schämte mich. Ich zählte insgeheim die Tage, bis ich endlich herauskommen würde aus dieser kleinkarierten Drecksscheiße. Das lenkte wenigstens ab. Sobald ich den Zivildienst absolviert haben würde, würde ich mich aus dem Staub machen. Wohin? Scheißegal, Hauptsache so weit weg wie möglich!

»Komm' lass' ma' abhau'n«, versuchte ich meinen Begleiter zum Aufbruch zu bewegen, »hier passiert do' eh nix mehr …«

»Jetz' mach' dich ma' locker!« Steiger sah immer das Positive. »Is' doch 'n herrlich'n Tach. Nix zu tun, die Sonne scheint. Wat wills'e mehr?«

Was ich mehr wollte? Irgendetwas, was einem erfüllten Leben in irgendeiner Art und Weise nahekommt zum Beispiel. Ich war tierisch genervt und machte daraus kein Hehl.

Steiger drückte auf die Klingeltaste seines Spielzeughandys. »Ja, wat is' denn?«, eröffnete er managermäßig genervt sein fiktives Telefongespräch. »Allet klar. Wir könn'n in eine Stunde da sein …«

»Wo könn'n wir in eine Stunde sein?«

Steiger leerte seinen Kaffee auf ex und stellte die ausgediente Tasse auf dem Stehtisch vor Tchibo ab.

»Komm' wir müss'n los«, brach auf einmal Stress aus, als hätte er tatsächlich telefoniert und eine wichtige Verabredung getroffen. Wir streunten geschmeidig, aber doch zügig die 300 Meter durch die Fußgängerzone zurück zum Parkhaus, sammelten den Poser-Audi ein und verließen mit quietschenden Reifen die seelenlose Einkaufsmeile.

Steiger war für einige Monate weg. In Berlin. In der großen, weiten Welt also. Warum er wieder zurückgekommen ist, wird wohl für immer sein Geheimnis bleiben. Hätte ich die Wahl zwischen dieser Tristesse im heimatlichen Niemandsland und dem dicken B oben an der Spree gehabt – die Entscheidung wäre mir nicht schwergefallen. Es ging das Gerücht, Steiger habe in Berlin Drogenprobleme gehabt und deshalb wieder dort weggemusst. Außerdem sollen viele Leute in seinem neuen Umfeld nicht mit seiner einnehmenden, pampigen Art klargekommen sein. So wie ich das sah, hätte der gute Steiger nicht unbedingt 600 Kilometer quer durch Deutschland juckeln müssen, um auf solche Probleme zu stoßen. Hätte er auch ohne größeren Aufwand vor Ort haben können. Aber ich wusste es doch auch nicht besser. Man steckt halt nicht drin …

Nach dem Zwangsabbruch seiner durch und durch gescheiterten Auswandereraktion hatte der Gute auf jeden Fall bei seinen Eltern Unterschlupf gefunden. Sein einstiges Jugendzimmer war in der Zwischenzeit in eine Sauna umgebaut worden, in der es sich Mama und Papa sonntagnachmittags so richtig gutgehen ließen. Hatten sie sich aber auch verdient, wo sie das Kind doch aus dem Gröbsten heraus hatten. Dafür musste der Nachwuchs sich nach seiner unerwarteten Rückkehr erst mal mit einem Klappbett in der Waschküche des elterlichen Kellers zufriedengeben. Direkt neben der Waschmaschine, mit unverbautem Blick auf die Trommel. Genau in diesem zwei Quadratmeter großen, paradiesischen Domizil landeten wir dann auch nach unserem ach so aufwühlenden Ausflug in die »City«.

Ich ließ mich lustlos mit dem Rücken voran aufs Bett fallen. Danach starrte ich apathisch in die Kochwäsche, die Steigers Mutter gerade laufen hatte.

»Allet klar bei dir?«, fragte mein Kollege, inzwischen sichtlich besorgt. Mein Unwohlsein war wohl unübersehbar wie ein Stück Scheiße auf der Nase.

»Geht schonn. Is' halt scheiße langweilig.«

Steiger hatte seine gesammelten Besitztümer in einer Sporttasche, die neben seiner Schlafstelle auf dem Boden stand. Er fischte ein kleines Notizbuch heraus und machte Anstalten, das Zimmer zu verlassen.

»Ich muss ma' grad wat erledig'n. Kann ich dich hier allein lass'n, ohne datt'e dir wat antus'?«

»Jetz' fahr' dich ma' runner. Ich komm' schonn klar. Die Maschine fängt ja au' gleich am Schleudern …«

Steiger nahm schwungvoll die Treppe nach oben. Ich blieb lethargisch auf dem Interims-Schlafmöbel liegen und schmollte zutiefst betrübt, meinen Blick starr an die gläserne Waschtrommel gefesselt. In Gedanken schweifte ich ab in das Lebensgefühl, das mich noch im letzten Sommer so ausfüllte. Da hatte ich gerade meine Abiturprüfungen abgelegt und mich sehr erfolgreich auf eine Beziehung mit dieser bildhübschen und einfühlsamen Gymnasiastin eingelassen, die gerade im Süden Sonne tankte. Ich erinnerte mich an die Nacht, in der ich mit ihr auf dem Gepäckträger meines Hollandrades quer durchs Kaff in unseren Stadtwald gefahren war. Wir hatten uns auf eine Wiese gesetzt und im Mondschein bei einer Flasche Wein über Gott und die Welt geredet. Einfach so. Und dann hatten wir unter den Bäumen, die unsere Wiese säumten, Liebe gemacht, bevor wir schließlich selig, uns als Teil der Natur fühlend, einschliefen. Nur sie und ich. Das war wohl der glücklichste Moment in meinem Leben.

Aber ich erinnerte mich auch daran, wie ich mich an gewöhnlichen Tagen nachts alleine im Halbschlaf durch die Dunkelheit gequält hatte, um rechtzeitig zur vereinbarten Zeit zurück im Kellerzimmer meiner Eltern zu sein; also weg von meiner Blondine. Und mir wurde wieder schmerzlich bewusst, wie sehr ich mir gewünscht hatte, dass ich irgendwann, irgendwie nicht irgendwohin zurückfahren müsste, wo ich doch eigentlich gar nicht sein wollte. Im Prinzip wartete ich immer noch darauf, dass es besser wird. Unterm Strich sah ich aber nicht, dass sich irgendwas änderte.

Nach einer guten halben Stunde kam Steiger voller Elan zurück in sein familiäres Asylantenheim und verstaute sein geheimnisumwobenes Büchlein wieder in seiner Sporttasche. Er musterte mich von oben bis unten, wie ich regungslos auf dem Bett vor mich hin vegetierte.

»Wat machs' du denn hier? Biss'e am schmollen? Dat müss'n wa ja wohl ma' ganz schnell unterbind'n«, sprudelte es aus ihm heraus. »Ich hab' 'ne Überraschung für dich! Komm'! Raff' dich auf, wir zieh'n weiter!«

Ich hatte nun wirklich keine Lust, mich hier wegzubewegen. Es sei denn, es ginge zurück nach Hause, wo ich viel bequemer in meinem eigenen Bett liegen könnte. Aber Steiger hatte wohl ganz andere Pläne.

Wir stiegen wieder in unser Wochenendgeschoss und rasten mit quietschenden Reifen durch die Straßen, in denen Steiger seine Mittelschichterziehung genossen hatte. Mein Kumpel ließ mich völlig im Dunkeln tappen und gab mir keinerlei Hinweis darauf, wohin die Reise gehen sollte. Erst als er unser Gefährt vor Bauer Kellers Wohnhaus parkte, ging mir ein Lichtlein auf. Am westlichen Rande unseres »Dorfes« lag ein touristisch attraktiver Stadtwald. So richtig mit Wasserschloss, Vogelinsel und Teich. Neben und teilweise auch in diesem Freizeitparadies thronte das Anwesen des Bauern Keller. Es war wohl das letzte landwirtschaftliche Relikt unserer eigentlich münsterländisch-bäuerlichen Heimat. Steiger kannte den Bauern Keller angeblich von früher. Es hieß, er habe zu Hausbesetzerzeiten sogar schon mal für ihn gearbeitet. Bei Steigers Arbeitsscheu eigentlich schwer vorzustellen. Wie dem auch sei, er hatte sich in jedem Fall Dauerparkrecht auf dem Bauernhof gesichert.

»Gut, wenn man sich auskennt, ne?«, kommentierte Steiger seine kongeniale Parkplatzwahl, als wir querfeldein die hundertfünfzig Meter zu unserer alten »Hippie-Wiese« liefen. Früher hatte sich hier die subkulturell orientierte Jugend jeden Samstagnachmittag nach dem anti-kapitalistischen Sit-in in der Innenstadt getroffen. Einfach so im Kreis sitzend auf dem Gras rumgammeln und dabei die Zeit in der sommerlichen Natur genießen. Immer hatte einer eine Gitarre dabei und immer ging ein Joint rum. Wir waren ein bunter Haufen »langhaariger Bombenleger«, hatten uns aber trotzdem irgendwie arrangiert. In einer Kleinstadt konnte man schließlich auch nicht aus dem Vollen schöpfen und elitär die Fahne einer exquisiten Szene hochhalten.

Als wir die weiträumige Grünfläche, die ich seit Jahren nicht mehr gesehen hatte, betraten, war sie menschenleer.

»Tata!«, enthüllte Steiger enthusiastisch seine ach so lang verheimlichte Überraschung.

»Ja, toll!«

Ich wusste wirklich nicht, worüber ich mich jetzt hier zu freuen hatte. Da sah selbst das Klappbett vor dem Waschautomaten in Steigers Familienkeller einladender aus.

»Jetz' mach' dich mal locker, dat wird schonn noch«, versuchte mein Begleiter angestrengt, mein Stimmungsbarometer zu einem positiven Ausschlag zu bewegen. Wir setzten uns genau in die Mitte der von Bäumen umrahmten Liegewiese. Nur wir zwei und ein Paar nervtötend zwitschernde Vögel.

»Da hass'e do' allet wat'e brauchs'«, kommentierte Steiger gut gelaunt die gerade im Sitzen begonnene Bastelarbeit, die wohl unausweichlich zu einem Joint führen sollte.

Ich war gelangweilt und genervt. Insbesondere weil ich immer noch nicht wusste, warum ich nicht einfach zu Hause im Bett liegen bleiben durfte. Doch siehe da, nach wenigen Minuten füllte sich die Wiese, wie von Geisterhand geleitet, mit altbekannten und fast vergessenen Gesichtern. Daniel Schubert, den wir alle nur Alf nannten, war der Erste, der mit einer Western-Gitarre über der Schulter unsere Zweiergruppe erweiterte.

»Ey, Steiger, altet Haus! Wat gibbet denn so dring'ndet? Du has' wat von 'nem Notfall gesacht?«

»Alf, alt'n Wemser. Auf dich kann man sich verlass'n. Heut' is' doch Samstach. Un' der Kollege hier neb'm mir schiebt ein'n Depri na'm and'ren. Weil seine Olle grad im Urlaub is', er kein'n Bock auf die ganze Zivi-Scheiße hat, un', un', un'«, erklärte mein Hobby-Therapeut klar in seinen einfachen Worten, als er gerade das Bastelprojekt Joint zum Abschluss brachte.

»Gumma, dat'e den heute Ab'nd ma' rauskriss', hab' ich mir gedacht. Dat is' nich' gut, wenn der jetz' inn'e Bude hockt und ihm die Decke auf'm Kopp fällt«, entschlüsselte Steiger endlich seinen Masterplan.

»Hi, André. Dann bin ich also da, um dich zu bespaßen«, bezog Alf auch mich endlich in die Unterhaltung mit ein. »Vielleicht habt ihr ja Bock, ein paar neue Songs zu hör'n?«

Daniel war früher durch und durch Punk. Von Kopf bis Fuß auf nichts anderes eingestellt. In unserer Clique war er auch einer der Ersten, der tatsächlich in einer Band gespielt hatte. Stumm von außen beobachtend, beneidete ich den Hobby-Musiker um sein unvorstellbar aufregendes Leben. Einmal die Woche mit Kumpels im Proberaum Saufen und Rocken. Wobei das Erste oft so viel Zeit in Anspruch nahm, dass man zum Zweiten gar nicht mehr kam. Und dann einmal im Jahr der große Auftritt in einem der beiden städtischen Jugendzentren. Ja, Anfang der Neunziger gab es bei uns noch zwei davon, und beide veranstalteten Konzerte für den Nachwuchs.

Wie so viele andere auch hat Nirvanas »Nevermind« Daniel unwiderruflich verdorben. Die Grunge-Welle hatte ihn gänzlich ungeschützt überrollt, hatte seine Lebenseinstellung, seinen Kleidungsstil und natürlich auch seine Musik nachhaltig zum Negativen beeinflusst. An diesem

Tag spielte er uns als lebende Jukebox, bei der seine etwas dünne Stimme seine filigrane Gitarrenarbeit unterstützte, eine handverlesene Auswahl an Smashing-Pumpkins-, Nirvana- und Soundgarden-Songs vor. Während immer mehr Leutchen, die Steiger in der mysteriösen halben Stunde bei seinen Eltern abtelefoniert hatte, eintrudelten, streute Alf fast schon unbemerkt hier und da Eigenkompositionen ein. Wir genossen einfach den Samstagnachmittag und sagten Daniel deshalb nicht, dass wir diese Grunge-Kacke genauso Scheiße fanden wie seine eigenen Ergüsse. Ich freute mich tatsächlich über jedes neue Gesicht, das unsere »Hippie-Party« erweiterte, auch wenn die Truppe, die sich aus Steigers Bekanntenkreis speiste, mehr als speziell war. Steiger war bekannt wie ein bunter Hund und er kannte Gott und die Welt. Bei mir war das anders. Ich wollte ja auch mein samstägliches Dasein auf dem Bett fristen, nur weil die Freundin mal weg war. Daran denke ich kurz, als Alf beiläufig Nirvanas »About A Girl« anspielte. Stimmt! Die Freundin war ja im Sommerurlaub.

Anscheinend hatte Steiger mit seinem Spontanhilferuf sein Ziel erreicht. Die letzten Stunden war ich nur mit der Situation beschäftigt. Ich hatte in der Gruppe Cannabis konsumiert, ohne mir einen Kopf darüber zu machen. Ich hatte den warmen sommerlichen Tag in all seiner Pracht genossen. Ich hatte mich mit Leuten unterhalten, hatte herausgefunden, wen ich von woher kenne, und manchmal sogar, wo gemeinsame Interessen lagen. Ansonsten hatte ich die Text- und Songstrukturen aus Daniels Hitparade reflektiert. Aber das Entscheidende ist wohl: Ich hatte, solange wir dort zusammensaßen, nie Trübsal geblasen und weder das Schleuderprogramm der Waschmaschine noch mein heimatliches Bett vermisst.

»Steiger«, versuchte ich ein ernst gemeintes Wort an meinen Glücksbringer zu richten. »Du bis' 'n fein'n Kerl. Danke!«

»Gern gescheh'n. Abber dat war doch ers' der Anfangk«, lachte sich mein Kollege ins Fäustchen. »Wir zieh'n heute Abend dat ganze Programm durch.«

Ich war mir nicht wirklich sicher, was mein Freund im Schilde führte, aber wenn es eine Möglichkeit gab, diese unbeschwerte Zeit auf der »Hippie-Wiese« noch zu toppen, dann war ich dabei.

»Leute!«, grölte Steiger in die inzwischen zwei Dutzend Menschen umfassende Gruppe, um die uneingeschränkte Aufmerksamkeit auf sich zu lenken. »Herzlich'n Dank, dat ihr so zahlreich erschien'n seit und mein'm Kollegen hier aus sein'm Stimmungstief geholf'n habt.«

Alle applaudierten, und hier und da wurde mir zugezwinkert.

»Abber eine Sache müsst'n wa noch erledig'n. Deshalb müss'n wir uns leider schon verabschied'n von euch. Haltet die Ohr'n steif un' bis die Tage dann, ne?«

In freudiger Erwartung, wo die Reise als Nächstes hingehen würde, ergriff ich die Initiative und trat unbeschwert zügig den kurzen Fußweg zu unserem Auto an. Ausnahmsweise musste ich mal auf Steiger warten, der durchschnittlich zwei Schritte hinterherhinkte. Die Autofahrt verlief unterm Strich wortlos. Ab und zu versuchte ich erfolglos, einen kleinen Hinweis aus meinem Fahrer herauszuquetschen. Keine Antwort. Stattdessen musste ich mir die ohrbeleidigende Popmusik auf 1Live antun. Nach gut zehn Minuten passierten wir die Stadtgrenze zu Gelsenkirchen. Genauer gesagt zu Gelsenkirchen-Buer. Ich spekulierte, dass vielleicht meine zweite Überraschung des Tages was mit Schalke zu tun hätte. Da das mehr Spaß für Steiger als für mich bedeuten würde, nahm ich schnell Abstand von diesem Gedanken.

Steiger parkte das väterliche Vehikel kurze Zeit später direkt vorm »Bu-bu Night Club«. Der Gebäudekomplex erinnerte an eine umfunktionierte Garage. Links und rechts neben der Tür verbargen Glasbausteine den Blick ins Innere. Lediglich die rote Leuchtreklame deutete auf die schlüpfrige Ausrichtung des Etablissements.

»Na? Hab' ich zu viel versproch'n?«, eröffnete Steiger die Konversation mit hohen Erwartungen.

»Samma, wills' du mich verarschen? Nur weil meine Olle inne Sonne brutzelt, muss ich et mir do' nich' direkt von der erst best'n Professionell'n besorg'n lass'n.«

»Hömma. Dat is' der Lad'n vom Charly. Der stand dies'n Monat als Puff des Monats im Playboy. Ich hab' für uns schonn allet klar gemacht. Du bis' natürlich eingelad'n, ne?«

»Samma, drehs' du getz komplett durch? Charly? Puff des Monats? Soll dat für dich der krönende Abschluss det Abends sein?«

Schweigen.

»Wenn ja, dann Glückwunsch! Mich krieg'n da jedenfalls keine zehn Pferde rein«, verabschiedete ich mich mehr als schroff und trat den dreißigminütigen Fußmarsch zum Reihenhaus meiner Eltern an.

Ich blickte ein letztes Mal zu Steiger rüber. Der verfiel auf Vaters Fahrersitz in Totenstarre und guckte bedröppelt zurück.

Sonntag, 04:00 Uhr morgens. Ich habe doch irgendwie in den Schlaf gefunden. Aber Steigers Katze heult so laut, dass es zwei Stockwerke tiefer noch die Schrankwand zum Wackeln bringt. Ich werde wach, stehe sozusagen aufrecht im Bett. Boah, Steiger!, denke ich ziemlich angepisst. Da sitzt der Spacko den ganzen Tach in seine Bude rum und kricht et trotzdem nich' auf'e Kette, seine Katze zu füttern und dat Katzenklo ab und zu mal sauber zu mach'n.

Ich drehe mich auf die Seite, will einfach nur weiterpennen. Fräulein Wunder macht mir einen Strich durch die Rechnung. An Schlafen nicht zu denken. Zu dem Gejaule gesellen sich jetzt noch Stimmen vor meiner Haustür und machen die nervtötende Geräuschkulisse komplett.

»Na gut, dann geh' ich halt mal gucken!«, brülle ich mich selbst an, um meinem Frust ein kleines Ventil zu verschaffen.

Vor meiner Tür ist die gesamte Nachbarschaft vereinigt. Der Autoschrauber von nebenan hat sich als Rädelsführer herauskristallisiert und bringt in einem Satz den Unmut der Anwohner zum Ausdruck.

»Wat is' denn da ob'm los, bei dein Kollegen?«

Das hat gesessen. Offensichtlich hat man mich als Hauptverantwortlichen erkannt und erwartet jetzt, dass ich die Schlaflosigkeit der in Pyjama, Morgenmantel oder Unterwäsche dastehenden Zweckgemeinschaft beende.

»Hä?«, kommt die erneute Aufforderung.

Ich gehe ja schon. Selbst auf 180, stürze ich die Treppe rauf, immer zwei Stufen auf einmal. Als ich die Kurve zur letzten nehme, knalle ich erst mal schön gegen die Dachschräge. »Scheiße!«, hört man es noch zwei Häuser weiter durch die nasskalte Nacht. Und die Katze schreit immer noch.

Ich weile inzwischen wutschnaubend auf der Fußmatte und schelle. Erst einmal, dann zweimal. Das dritte Mal. »Mensch, jetzt mach auf!«, brülle ich dann unkontrolliert, als ich die Türklingel gedrückt halte und Sturm läute.

Die einzige Reaktion kommt von der flauschigen Fräulein Wunder, die inzwischen, laut weiterheulend, von innen gegen die Tür kratzt.

»Dat kann doch nich' nommal sein!«, kommentiert der Autoschrauber, der mit seiner Truppe bis kurz vor die Dachschräge vorgerückt ist und das Geschehen argwöhnisch begutachtet.

Ich will doch nur 'n bissken pennen!, denke ich, als ich den Entschluss fasse, mit einigem Schwung gegen die Tür zu stoßen. Ich weiß, dass Steiger gerne mal den Schlüssel vergisst und schon einige Male die Tür selbst eingetreten hat. Gesagt, getan. Ich stehe direkt vor der jaulenden Katze und bin geneigt, sie einfach mit einem Tritt zum Schweigen zu bringen. Doch sie ist zu schnell. Sie läuft direkt durch die Küche ins Wohnzimmer, als wollte sie mir was zeigen. Ich lasse die Tür hinter mir offen und gehe hinterher.

Im Fernseher räkeln sich gerade auf dem Sportsender halbnackte Frauen auf Autos herum, als ich das Zimmer betrete und aus den Augenwinkeln Steiger auf seinem Stammplatz sitzend sehe. Der Ton ist abgedreht. Dafür ist die Stereoanlage an. Vor ihr auf dem Boden die Hülle der ersten Slime-Scheibe. Anscheinend soll jetzt diese Musik laufen.

»Wat machs'e denn nich' auf, du Feife?«, frage ich entrüstet. Die Katze steht vor mir und richtet ihren Blick immer abwechselnd auf mich und ihr Herrchen. Ich sehe noch mal genauer hin. Steigers Oberkörper lehnt schlaff gegen die Rückenlehne. Der rechte Ärmel seines Kapuzenpullis ist hochgekrempelt. Von seinem Unterarm führt eine dünne rote Blutspur zu einer Lache auf dem rechten Bein seiner Jeans. Auf dem Tisch liegen neben seinem Bröselbrett ein Löffel, ein Feuerzeug, eine Spritze und diverse kleine Plastikschnipsel. Sein Kopf ist blau angelaufen. Regungslos.

Ich setze mich neben ihn auf das Sofa. Fräulein Wunder springt mir auf den Schoß, legt sich ab und drückt ihren Kopf fest gegen meinen Bauch.

Stille.

Ich sitze da, streichle die Katze und starre geistesabwesend auf die halbnackten Autowäscherinnen im Fernsehen.

Es dauert, glaube ich, zwei bis drei Erotik-Clips, bis die Stille durchbrochen wird. Der versammelten Nachbarschaft kam die Ruhe dann wohl doch zu plötzlich, und man hat inzwischen die Polizei gerufen. Es klopft gegen den Türrahmen der Wohnungstür.

»Hallo? Jemand zu Hause? Hier ist die Polizei«, sagt einer der Beamten geschult seinen Text auf. Ich schweige. Fräulein Wunder nimmt kurz ihren Kopf hoch und kuschelt sich danach wieder an meinen flauen Magen.

»Hier hat sich jemand wegen Ruhestörung beschwert«, spricht einer der zwei Beamten ins Leere. Ich drehe meinen Kopf in seine Richtung, höre zu, sage aber nichts.

»Hier muss doch einer sein«, sagt der andere Polizist und klingt dabei wie Toto aus der beliebten Reality-Soap.

»Die Tür steht offen, dat Licht is' an und da läuft der Fernseher.«

Unaufgefordert treten die beiden Polizisten ins Wohnzimmer und sehen uns auf dem Sofa.

»Siehs'e? Hab' ich doch gesagt«, bestätigt sich Toto selbst.

»Wat haben wir denn hier?«, fragt schließlich der Harry von beiden. Er hat nach zwei flüchtigen Blicken die Lage erkannt und versucht sich nun zu erinnern, was er auf der Polizeischule gelernt hat, was in solchen Fällen zu tun ist.

»Hallo! Ich rede mit Ihnen. Können Sie mich hören? Wen haben wir denn hier?«, insistiert der Harry.

»Fräulein Wunder«, sind die ersten Worte, die ich herausbringe.

Von dem ganzen Trubel, der sich jetzt ergibt, kriege ich nicht viel mit. Ich habe genug mit der Katze zu tun, während die beiden Polizisten einen Rettungswagen rufen und andauernd über Funk irgendwelche Zahlenkombinationen an die Zentrale weitergeben. Die Nachbarn haben sich wieder in ihre Wohnungen verdrückt. Ich nehme an, sie holen jetzt unruhig ein wenig Schlaf nach. Sobald jemand an ihrer Tür vorbeigeht, werden sie aber bestimmt wieder bereitstehen, um ihren Informationsstand zu aktualisieren.

Der Notarzt ist für die Uhrzeit überraschend einfühlsam. Er inspiziert kurz den leblosen Körper meines Freundes und stellt dann den Tod fest. Ohne mich näher zu beachten, wie ich noch immer neben Steiger auf dem Sofa sitze, leitet er dann alles Weitere ein. Fräulein Wunder gefällt es gar nicht, dass nun andauernd irgendwelche Fremden an ihrem Herrchen herumspielen.

Die Polizei hat anscheinend auch Steigers Mutter ausfindig gemacht, die gerade noch rechtzeitig den Raum betritt, bevor ihr Sohn luftdicht verpackt wird. Sie steht zwischen mir und dem Fernseher und guckt einmal flüchtig auf die Leiche ihres Sohnes, bevor sie mich wiedererkennt.

»Andi! Wo warst du denn?«, fragt sie übertrieben interessiert.

Als Antwort formiert sich eine Kurzautobiographie der letzten Jahre in meinem Kopf. Ich habe öfters gehört, dass man in einer lebensbedrohlichen Situation die wichtigsten Stationen seines Lebens vor dem inneren Auge noch einmal durchläuft. Rasant schnell sehe ich mich an diversen Orten und mit vielen alten Bekannten. Teilweise schon seit Jahren vergessen. Doch mitten im Assoziationsgalopp werde ich unsanft aus meinem Tagtraum gerissen.

»Wo warst du denn?«, klagt mich die völlig hysterische Frau vor mir deutlich schärfer an. Ihr Blick schwenkt von der linken Seite des Sofas zur rechten und wieder zurück.

Erst jetzt verstehe ich, was sie meint.

»Ich …«, versuche ich mich erneut an einer Antwort. Diesmal geht es nicht um mein Leben, sondern nur um die letzten vierundzwanzig Stunden. Wo war ich eigentlich?

Ich muss aufstehen, damit sie Steiger aus dem Zimmer abtransportieren können. Unbeholfen stehe ich mit dem Rücken vor dem Fernseher, in dem inzwischen Mr. T Werbung für den FlavorWave macht. Fräulein Wunder weicht nicht von meiner Seite. Das geschäftige Treiben in dem kleinen Raum geht so langsam seinem Ende entgegen.

Toto will meinen Personalausweis. Wegen einer Zeugenaussage oder den anschließenden Ermittlungen oder irgendwas. Er geht mit dem Dokument in die Küche und setzt sich an den Tisch, an dem es sich auch Harry bequem gemacht hat. Die beiden erzählen sich charmant Schwulenwitze, während sie über ihrem Schreibkram hocken. Ich stehe immer noch dumm da.

»Wir melden uns dann bei Ihnen«, sagt Toto, als er mir meinen Personalausweis zurückgibt.

»Ja. Unsere Arbeit ist dann soweit erledigt. Dann geh'n wa ma' so langsam, würd' ich sag'n.«

Würde Harry wohl auch sagen. Im Vorbeigehen verabschieden sie sich bei Steigers Mutter, die anscheinend vor der Haustür steht.

»Wir melden uns dann.«

Anscheinend erschöpft sich ihr antrainiertes Taktgefühl lediglich darin, die Beteiligten nicht unnötig durch aufwühlende Fragen weiter zu belasten.

Die Tür fällt zu. Zum ersten Mal seit ich sie vor dreieinhalb Stunden aufgestoßen habe.

Steigers Mutter kommt zurück ins Wohnzimmer. »Hier sieht es aber auch aus …« Die Frau Anfang sechzig ist auf einmal total geschäftig. Sie hat schon im Flur angefangen, Steigers dreckige Wäsche zusammenzusuchen und vor meinen Füßen einen enormen Wäschehaufen zu stapeln. Erst holt sie die Dreckwäsche und Handtücher aus dem Bad. Dann sammelt sie die Geschirrtücher in der Küche ein. Dann die im Wohnzimmer verstreuten T-Shirts.

Ich fühle mich fehl am Platz. Erst gehe ich ein Stück zur Seite, damit ich bei der Wäscheaktion nicht im Weg stehe. Dann sehe ich den mit vollen Aschenbechern und anderem Unrat übersäten Wohnzimmertisch und starte Richtung Küche, wo ich zwei Müllsäcke aus dem Schrank neben der Spüle fische. Einen gebe ich wortlos an Steigers Mutter, die sofort damit anfängt, die Dreckwäsche in den blauen Sack zu stopfen. Ich selbst fange an, den Müll auf dem Tisch in dem anderen Sack zu entsorgen.

Streng genommen haben wir seit ihrer Ankunft nicht miteinander geredet. Ganz streng genommen haben wir seit zwölf Jahren nicht miteinander geredet. Daran wird sich auch in den nächsten Minuten, während deren wir uns um Steigers lange vernachlässigten Haushalt kümmern, nichts ändern. Erst als ich den Fernseher ausschalte, blicken mich zwei tränende Augen an.

»Wie geht es dir, Andi?«, lautet die völlig selbstlose erste Frage unserer Unterhaltung.

»Ich weiß' nich' …«, ist das Einzige, was ich nach zwölf Jahren Studium, Promotion und anschließender Weiterbildung formuliert kriege.

»Ich weiß«, bestätigt sie und nimmt mich fest in den Arm.

Das Eis ist gebrochen, und wir heulen beide los wie Schlosshunde, Fräulein Wunder umkreist unsere Füße.

»Was machen wir hier eigentlich?«, frage ich, nachdem ich endlich wieder denken kann.

»Frühjahrsputz.«

Wir sind knappe zwei Stunden damit beschäftigt, die Bude wieder einigermaßen auf Vordermann zu bringen. Dabei reden wir viel miteinander. Ich erzähle davon, wie und wo ich die letzten Jahre verbracht habe. Steigers Mutter räumt ein, dass im Vergleich dazu zu Hause nicht viel passiert sei. Sie spricht viel von Steiger, den sie natürlich bei seinem richtigen Namen Rainer nennt. Sie hätte sich sicher etwas Besseres gewünscht für den alten Haudegen. Aber geliebt hat sie ihren Sohn trotzdem.

Wir sind beide mit unserer Ablenkungsarbeit zufrieden und fast schon enttäuscht, als es nichts mehr zu tun gibt.

»So. Dann werd' ich getz mal los«, bestimmt Steigers Mutter.

Sie will erst mal nach Hause, sich frisch machen und dann in die Kirche. Ich glaube, das beharrliche Festhalten an ihren Alltagsritualen ist das Einzige, was sie vor dem Nervenzusammenbruch bewahrt. Entsprechend verkneife ich mir jeglichen Kommentar.

Sie nimmt den Wohnungsschlüssel an sich, verschließt die stark ramponierte Wohnungstür notdürftig und geht mit mir die Treppen hinunter.

Vor meiner Wohnungstür zwei Etagen tiefer verabschieden wir uns.

»Kanns' du dat vielleicht übbernehm'?«, fragt sie mich, als sie mir ein kleines schwarzes Notizbuch übergibt. Ich schlinze kurz rein und sehe eine Liste mit Namen und Telefonnummern. Obwohl Steiger ein Mobiltelefon mit reichlich Speicherplatz besaß, hat er seine sozialen Kontakte immer noch old-schoolmäßig schwarz auf weiß festgehalten. Die Funktion »Nummer speichern« an seinem Handy hat er nie kennengelernt. Ihm war die kleingedruckte Gebrauchsanweisung auch viel zu umständlich.

»Mach' ich«, verspreche ich ihr, und Steigers Mutter verlässt über die letzten Treppen das Haus.

Ich setze mich erst mal an den Küchentisch und stecke mir eine Zigarette an. Die erste heute Morgen. Ich inhaliere zweimal und bekomme einen tüchtigen Nikotinflash. Den empfinde ich als so unangenehm, dass ich die Zigarette sofort wieder ausmache. Ich fange an, in Steigers Telefonbuch zu blättern. Auf Seite 1 steht als erster ein(e) gewisse(r) Alf. Offensichtlich eine Kurzform. Für Alfred? Kannte Steiger jemand, der Alfred heißt? Unwahrscheinlich. Vielleicht die Abkürzung für einen Nachnamen? Ich stehe völlig auf der Leitung.

Ich blättere weiter. Für jemanden, der sein Leben auf der rechten Seite einer Dreier-Couch verbracht hat, hatte Steiger verdammt viele Bekannte. Knapp zwanzig Seiten voll mit Namen und Telefonnummern. Im letzten Drittel stoße ich auf den Namen Steffi. Da war doch was … Was, fällt mir aber nicht ein. Der letzte Eintrag lautet tatsächlich Zorro. Ich kenne einen Laden in Leipzig, da habe ich mir mal mit zwei Arbeitskollegen ein ziemlich überflüssiges Hardcore-Konzert angesehen. Und schau mal an, da steht tatsächlich eine Leipziger Vorwahl. Ich bin perplex.

Ich lege das Büchlein zugeschlagen auf dem Tisch ab. Es ist kurz nach 10:00 Uhr an einem Sonntagmorgen. Eigentlich verbietet es die gute Erziehung, jemanden an einem Sonntagmorgen noch vor der »Sendung mit der Maus« anzurufen. Aber ich habe anscheinend ein strammes Programm vor mir. Ich gehe rüber ins Wohn- und

Schlafzimmer und hole mein Mobiltelefon vom Nachttisch.

Ich atme tief durch.

»Okay. Alf!«, versuche ich mir selbst Mut zu machen, als ich wieder am Küchentisch sitze.

Ich wähle schnell die Festnetznummer mit der Vorwahl unserer Heimatstadt. Es schellt dreimal. Mein Herz schlägt schneller.

»Schubert«, erklingt es durch den Hörer.

Ach, Schubert! Ich erkenne Daniels Stimme. Daniel Schubert, ein alter Bekannter, der Ende der Achtziger seinen Pony hochgeföhnt getragen hat und deshalb starke Ähnlichkeit mit dem TV-Knuddelmonster Alf hatte.

»Hallo? Wer is' denn da?«

»Hallo, Daniel, hier spricht André.«

»Wat für'n André?«

»Na, der André, von früher.«

»Mensch, André! Schonn lang' nix mehr von dir gehört. Wie iss' et?«

»Et muss«, lautet die diesmal eindeutig nicht gelogene Antwort.

Wir plaudern ein wenig. Ich erzähle davon, was ich die letzten Jahre so getrieben habe, er berichtet überschwänglich von seiner Hochzeit und dem kleinen Köttel, den er jetzt gerade bei sich auf dem Schoß sitzen hat. Als die Grunddaten ausgetauscht sind, muss ich den ernsten Teil des Gesprächs anfangen. Ich atme noch einmal tief durch und bringe in höchster Selbstbeherrschung drei bis vier Sätze heraus, die das Geschehene schildern.

Schweigen am anderen Ende der Leitung.

Ich muss mich zusammenreißen. Ein Kloß im Hals erschwert mir das Atmen.

»Scheiße«, höre ich nur am anderen Ende.

Alf ist offensichtlich geschockt. Wir beenden das Gespräch, damit er die Neuigkeit in Ruhe verarbeiten kann, verabreden uns aber auf unbestimmte Zeit. Zum Biertrinken oder so.

»Bis die Tage«, lauten Alfs letzte Worte.

»Jau, bis die Tage.«

Ich kämpfe mit den Tränen, als ich »Gespräch beenden« drücke. Steigers Kollege kann sich jetzt erst einmal alle Zeit der Welt nehmen, sich bei seiner Frau ausheulen und mit seinem Sohn spielen.

Mir reicht es auch.

Aber das war erst das erste von ungefähr hundert Telefonaten.

Ich würde schätzen, dass ungefähr ein Viertel der Telefonate so verlaufen wie das mit Alf. Die meisten Gesprächspartner sind alte Bekannte, das heißt, ich muss sie erst darüber aufklären, dass ich wieder in der Stadt bin, erzähle meine Lebensgeschichte und höre mir dann aufmerksam die ihre an. Wenn sie denn etwas zu erzählen haben. Anscheinend repräsentieren Steiger und Alf die Prototypen des Lebens im nördlichen Ruhrgebiet. Entweder man versackt, oder man lässt sich häuslich nieder. Ich erstrahle dabei mit meiner »steilen Karriere« als heller Stern am Firmament.

Das zweite Viertel hat wohl schon mit Steiger abgeschlossen. Sie nehmen unbeeindruckt die Neuigkeit zur Kenntnis. Als wenn sie es kommen gesehen hätten. Dem dritten Viertel könnte es wohl nicht egaler sein, und das letzte Viertel kennt Steiger angeblich nicht. Der Teilnehmer mit der Gelsenkirchener Vorwahl legt direkt wieder auf, als er Steigers Namen hört. Ich nehme an, es handelt sich um seine Quelle. Beim Zorro meldet sich ein gewisser Ronni, der aber Steiger nicht kennt und auch sehr schroff das Gespräch vorzeitig beendet.

»Ich kann doch nicht jeden abgefuckten Junkie in Deutschland kennen.«

Er hat schon wieder aufgelegt, als ich in ruhigem Ton klarstellen will, dass es sich um meinen Nachbarn, meinen alten Kollegen, um meinen Freund handelt.

Intuitiv habe ich mir Steffi für den Schluss aufgehoben. Ich wähle die Nummer mit der einheimischen Vorwahl.

»Ja, hallo? Hier die Steffi, wer ist dran?«, ertönt einladend eine penetrant laute und gut gelaunte Stimme.

»Ja, hallo. Hier ist der André«, antworte ich mechanisch.

»Andi! Mensch, dat is' abber schön, dass'e anrufs'.«

»Entschuldigung, aber kennen wir uns?«

»Mensch, Andi! Wir sind doch zusamm'n zur Schule gegang'n. Auf die Realschule. Ich war zwei Klassen unter dir. Und am Donnerstag warst du im Café, da hab' ich dir deine Herr'ngedecke serviert.«

Ach so. Jetzt verstehe ich. Anscheinend kann ich mir den ersten Teil der Konversation, der meine Lebensgeschichte betrifft, also schenken. Also direkt in die Vollen.

»Wie auch immer. Ich hab' deine Nummer aus Steigers Telefonbuch.«

»Mensch, der Rainer, wat treibt der alte Spinner denn so?«

Die hat aber auch ein Talent. Steiger hat seinen richtigen Namen genauso gehasst wie ich meinen Spitznamen.

»Steiger ist tot.«

Den Klang kenne ich. Schweigen am anderen Ende.

»Das ist ja furchtbar!«, höre ich es aufrichtig aus der Hörmuschel.

»Ja«, sage ich schnell und unterdrücke mir die Tränen.

»Und wie geht es dir?«

Diese Frage höre nach all den Telefonaten zum ersten Mal. Eine verdammt gute Frage, stelle ich fest, als ich zu heulen anfange.

»Geht so«, schluchze ich.

»Bist du zu Hause? Ich bin in zehn Minuten da!«

Bevor ich antworten kann, ist das Gespräch vorbei. Ich wische mir die Tränen aus dem Gesicht und lege mein

Handy auf die Küchenzeile. Abgeschaltet. Ich gehe kurz zum Fernseher und schalte ihn an. Ich zappe alle 35 Kanäle rauf und wieder runter, um das Gerät dann doch wieder auszuschalten. Ich gehe zu meinem Harmonium, pumpe im Stehen mit einem Fuß Luft und spiele kurz einen a-Moll-Akkord. Hilft alles nichts. Ich gehe ins Badezimmer und putze mir die Zähne. Eigentlich wollte ich so tun, als sei ich gerade aufgestanden. Aber ich kann mich nicht überwinden, in die Dusche zu steigen. Es klingelt an der Tür.

Ich öffne leicht widerwillig die Tür. Sie hat es in deutlich unter zehn Minuten geschafft. Wie Wolf in »Pulp Fiction«. Steffi hat schwarz gefärbte Haare, die mittellang, leicht strubblig auf ihre Schultern fallen. Am Ansatz kommt ihre blonde Naturhaarfarbe durch. Sie trägt eine unschlagbare Rock-und-Stiefel-Kombination, darüber einen halblangen Mantel mit Plüsch am Kragen. Bis auf die bordeauxroten Stiefel und den dunkelroten Plüsch am Mantel alles in Schwarz. Als wenn sie auf den Besuch eines Begräbnises vorbereitet gewesen wäre. Ich nehme das erste Mal ihr Gesicht bewusst war. Sie hat braune Augen, die etwas scheu auf die Garderobe in meinem Flur schlinzen. Die Lippen sind dünn, ihr Kinn markant. Sie trägt ein kleines, leicht zu übersehendes Piercing, wie ein Marilyn-Monroe-Schönheitsfleck, links über ihren Lippen. Sie wirkt auf mich wie ein nordkaukasischer Engel.

»Darf ich reinkommen?«, fragt sie mit erneutem Blick auf die Garderobe.

»Ja klar«, sage ich.

Steffi betritt das kleinste Zimmer meiner Wohnung und legt ihren Mantel an der Garderobe ab, während ich in die Küche weitergehe. Bei akutem Platzmangel muss man sich halt arrangieren. Sie folgt mir in die Küche, ergreift dann aber das Steuer und geht weiter ins Wohnzimmer. Sie bleibt in ihrem engen schwarzen Rollkragenpullover vor dem Fenster stehen und guckt kurz auf die menschenleere Straße. Ich folge kleinlaut. Sie dreht sich um und begutachtet das Zimmer. Ihr Blick bleibt lange auf der Fernsehecke ohne Fernseher hängen, länger auf dem Harmonium und noch länger auf dem Reiseplattenspieler mit den noch unausgepackten Vinyl-Schallplatten. Sie tritt an die Postboxen und durchstöbert meine Plattensammlung, während ich immer noch doof in der Tür zur Küche stehe und mir das Geschehen interessiert ansehe.

»Willst'e dich nich' setz'n?«, fragt sie bestimmend.

»Äh ja«, sprudelt es intelligent aus mir heraus.

Ich setze mich auf die linke Seite der Zweier-Couch. Steffi nimmt zielsicher eine Platte aus einer der Kisten und legt sie auf das brummende Abspielgerät. Nachdem sie die Nadel auf den Anfang gesetzt hat, kommt sie in die Fernsehecke. Mein erster Damenbesuch in der neuen Wohnung platziert sich direkt rechts neben mir.

Wir schweigen, während eine Geräuschkollage durch die kleinen Lautsprecher röhrt. Dann erste Klavierakkorde. Ich glaube es nicht. Die nervtötende Kneipeneule Steffi hat die perfekte Platte für diesen Moment gefunden: Lou Reeds »Berlin«.

Wir hören schweigend die erste Seite. Ich drehe die Platte um und setze mich wieder auf meinen Platz. Auf der Couch. Neben Steffi.

»Ich dachte mir, et is' bestimmt nich' gut, wenn du hier alleine rumhocks'«, ist das Erste, was gesprochen wird, seitdem wir zusammen auf dem Sofa sitzen.

»Ja«, antworte ich.

Wie zur Bestätigung nimmt sie meine Hand und hält sie auf ihrem Schoß. Das Konzeptalbum durchläuft gerade seinen dramatischen Wendepunkt. Ich fühle eine innere Ruhe. Ich atme gleichmäßig und konzentriere mich völlig auf die Musik. Wie in Trance lasse ich meinen Kopf in ihren Schoß sinken. Die Platte geht ihrem Höhepunkt entgegen. Während die leicht eirigen Geigen das letzte Stück anstimmen, schlafe ich in Steffis Armen ein.

»Sad Song«, höre ich sie wie aus einer anderen Welt sagen.

Als ich wieder wach werde, dämmert es bereits. Ich bin alleine in der Wohnung, der Plattenspieler ist abgestellt. Ich stehe auf und sehe, dass die Gardinen zugezogen sind. Ich gehe in die Küche. Auf dem Küchentisch liegt ein kleiner Zettel, auf dem steht:

»Musste zur Schicht ins Café. Komm doch einfach später vorbei. Bis gleich. Die Steffi.«

Die Steffi. Es kann schließlich nur die Eine geben! Ich muss schmunzeln, als ich den Zettel sorgfältig als Andenken auf dem Fernseher verstaue. Ich schalte mein Handy an, um zu sehen, wie spät es ist. Nach wenigen Sekunden erscheint die Uhrzeit im rechten oberen Rand des Displays. 18:07 Uhr. Das war mal ein ausgiebiger Schlaf. Das Mobiltelefon hört nicht auf, Signaltöne von sich zu geben. Ich inspiziere die Gerätschaft in aller Ruhe. Zehn Anrufe in Abwesenheit, zwölf neue Nachrichten. Ich werde mich später darum kümmern. Ich stelle mich unter die Dusche, rasiere mich und gehe mit einem Handtuch um die Hüfte ins Wohnzimmer, wo meine Kleidung immer noch in einem blauen Müllsack liegt. Bevor ich mein schickes dunkles Hemd anziehe, setze ich mich noch mal an das Harmonium, das immer noch direkt neben der Tür zur Küche steht. Ich sitze da und fantasiere genüsslich in meiner liebsten Tonart vor mich hin. Ich bin ganz im Hier und Jetzt.

Nach gefühlten zehn Minuten Harmonium-Solo ziehe ich mich dann endlich an. Ich nehme einen Zettel und notiere die Telefonnummern der Leute, bei denen ich mich zurückmelden muss. Später. Jetzt habe ich erst einmal etwas anderes vor. Ich nehme die angebrochene Schachtel Lucky Strike vom Tisch und mache beim Verlassen der Wohnung Anstalten, mir eine Zigarette anzustecken. Selbst verwundert über die Macht der Gewohnheit, schiebe ich den Glimmstengel zurück in die Schachtel.

Die Frau des Autoschraubers fängt mich in der Tür ab.

»Dat war abber schöne Mussik! Hab'm Sie die gespielt?«

»Ja!«, freue ich mich.

Ich erzähle ihr von dem Familienerbstück und sage der netten Frau Ende sechzig, dass sie sich beschweren soll, wenn die Orgel zu laut sein sollte.

»Wat kann man sich denn bei sonn'e schöne Mussik beschweren?«, erwidert sie empört.

Wir wünschen uns gegenseitig einen Guten Abend und ich gehe die Treppen zur Haustür herunter. Vor der Tür entsorge ich direkt erst mal die Zigarettenschachtel nebst Inhalt im Hausmülleimer. Ich mache mich auf den Weg. Durch die City. Ins Café.

Steffi grinst mich freudestrahlend an, als ich die mäßig gefüllte Gaststätte betrete. Wie im Film geht für einen Moment die Musik aus. Ein Dutzend entsetzter Menschen starrt mich an. Schlechte Nachrichten reisen halt schnell. Auch, oder besonders, hier. Ich begrüße über die Theke Steffi mit einem Augenzwinkern. Sie legt das Handtuch, mit dem sie gerade Gläser abtrocknet, beiseite und kommt zu mir herüber. Sie gibt mir einen verhaltenen Kuss auf die Wange.

»Wo darf ich denn?«, versuche ich die Gewohnheitsrechte der Stammkunden auszuloten, obwohl die Theke menschenleer ist.

»Is' eig'ntlich egal. Nur nich' da. Da sitzt Horst immer nach'e Lindenstraße.«

Das ist ein Wort. Ich setzte mich direkt vor den Zapfhahn an die Theke.

»Und? Hast'e noch gut geschlafen?«, startet Steffi irgendwann die Konversation.

»Ja! Wie ein Stein. Tat gut«, antworte ich überraschend unsarkastisch.

Steffi hat nicht viel zu tun an diesem frühen Sonntagabend. Wir reden miteinander. Sie füllt die Lücken in meinem Gedächtnis mit Details über unsere gemeinsame Schulzeit. Es stellt sich heraus, dass Steffi die Busenfreundin von Melli ist. Die wiederum war während der Pubertät fürchterlich in mich verknallt und hat mich auf Schritt und Tritt verfolgt. Nicht nur auf dem Schulhof, wie ich erfahre. Steffi erzählt mir davon, wie die beiden vor dem Wohnzimmerfenster meiner Eltern herumgelungert haben, um mich beim Fernsehen zu beobachten. Ziemlich psycho, die ganze Nummer. Aber die Tatsache, dass mir Steffi nie bewusst aufgefallen ist, bestärkt ihre Klarstellung, dass sie nie die treibende Kraft bei diesen Stalker-Aktionen war. Ich glaube ihr. Sie gesteht, dass sie auch »ein bisschen« in mich verknallt war. Aber viel zu schüchtern, um das nach außen zu tragen. Sie lächelt dabei verschmitzt und blickt an mir vorbei.

Die jungen Leute am letzten Tisch haben etwas zu trinken bestellt. Steffi macht ruck, zuck ein Tablett mit drei Gläsern klar: eine Cola, einen Radler und ein großes Stauder. Sie blinzelt mir zu, als sie sich an mir vorbei auf den Weg macht.

Während sie weg ist, betritt ein älterer Mann Pfeife rauchend das Lokal. Er setzt sich neben mich auf den reservierten Platz und packt seine Tabak-Utensilien aus seiner Jackentasche. Ich suche Blickkontakt.

»Ich glaube, da sitzt schon jemand«, sage ich kleinlaut.

Ein Grinsen breitet sich über das faltige Gesicht des rüstigen Rentners aus.

»Ich weiß. Ich bin der Horst.«

»Ich bin der Andi«, entgegne ich ebenso breit grinsend.

»Tach!«

Steffi steht inzwischen wieder an ihrer Hauptwirkungsstelle und zapft Horst ein großes Pils.

»Samma, wat wills' du eig'ntlich trink'n?«, kommt Steffi endlich ihrer Pflicht nach.

»Einmal wie immer!«

Henselowsky Boschmann

Bücher vonne Ruhr
Verlag
Henselowsky Boschmann
Postfach 10 02 31
46202 Bottrop
post@vonneRuhr.de
www.vonneRuhr.de

Unsere Bücher erhalten Sie in jeder Buchhandlung – nicht nur im Ruhrgebiet. Sollte einmal eines nicht vorrätig sein, kann Ihr Buchhändler es kurzfristig beschaffen. Auf Wunsch senden wir Ihnen gerne unseren Gesamtprospekt und informieren regelmäßig über unser Angebot an Ruhrgebietsliteratur. Hier eine Auswahl:

Stefan Sprang
Fred Kemper und die Magie des Jazz – Roman

Helmut Spiegel
Ich schäbiges Frikadellchen
Roman über die Kriegs- und Nachkriegszeit im Ruhrgebiet

Thomas Althoff
Komm, wie schießen Kusselkopp
Der pfiffige Roman über die 50er Jahre im Ruhrgebiet

I. Meyer-Dietrich & A. Kiel
Die Hüter des Schwarzen Goldes
Roman

Manfred Hoese
Braunes Hemd und leerer Magen
Roman über eine Jugend in der Nazi-Zeit

Zepp Oberpichler
Die Stones sind wir selber
Roman mit Rock 'n' Roll im Blut und Blues auf der Seele

A. Winkelmann & J. Krüger
Winkemanns Reise ins U
Der dokumentarische Roman um die geheimnisvolle Stufenpyramide mitten im Kohlenpott

H. Schmenk & C. Krumm
Kumpels in Kutten
Heavy Metal im Ruhrgebiet

Gert Immich
Leckere Lesehäppchen
Gereimtes und Ungereimtes aus dem Ruhrgebiet

Friedhelm Wessel
Lüdenscheid-Nord gegen Herne-West – Das Revierderby

Werner Boschmann
Emscherzauber – Alte und neue Märchen aus dem Ruhrgebiet

Rainer Bonhorst
Dr. Antonia Cervinski-Querenburg erzählt dat Ruhrgebiet seine Geschichte